炉边独语

林徽因散文精选

林徽因　著

泰山出版社 · 济南 ·

图书在版编目（CIP）数据

林徽因散文精选 / 林徽因著. -- 济南：泰山出版社，2023.7
（炉边独语）
ISBN 978-7-5519-0778-1

Ⅰ. ①林… Ⅱ. ①林… Ⅲ. ①散文集－中国－现代 Ⅳ. ① I266

中国国家版本馆CIP数据核字（2023）第093918号

LUBIAN DUYU LINHUIYIN SANWEN JINGXUAN
炉边独语：林徽因散文精选

责任编辑 王艳艳 任春玉
装帧设计 路渊源

出版发行 泰山出版社
社　　址 济南市泺源大街2号 邮编 250014
电　　话 综 合 部（0531）82023579 82022566
出版业务部（0531）82025510 82020455
网　　址 www.tscbs.com
电子信箱 tscbs@sohu.com
印　　刷 山东通达印刷有限公司
成品尺寸 150 mm × 230 mm 16开
印　　张 11.5
字　　数 145千字
版　　次 2023年7月第1版
印　　次 2023年7月第1次印刷
标准书号 ISBN 978-7-5519-0778-1
定　　价 39.00元

凡　例

一、本书收录了作者的散文经典文章或片段节选，主要展现了作者的学术历程、情感操守，以及当时的时代风貌等。

二、将所选文章改为简体横排，以适应当代的阅读习惯。所选文章尽量依照原作，以保持文章的时代韵味，部分内容参照当下最新的整理成果进行了适当修改。

三、所选文章没有标题或者标题重复的，编辑时另行拟加或改拟。

四、对有些当时惯用的文字，如“的”“地”“得”“作”“做”“哪”“那”“吧”“罢”“化钱”“记帐”等，仍多遵照旧用。

目录

一片阳光

放了假，春初的日子松弛下来。将午未午时候的阳光，澄黄的一片，由窗棂横浸到室内，晶莹地四处射。我有点发怔，习惯地在沉寂中惊讶我的周围。我望着太阳那湛明的体质，像要辨别它那交织绚烂的色泽，追逐它那不着痕迹的流动。看它洁净地映到书桌上时，我感到桌面上平铺着一种恬静，一种精神上的豪兴，情趣上的闲逸；即或所谓“窗明几净”，那里默守着神秘的期待，漾开诗的气氛。那种静，在静里似可听到那一处琤琮的泉流，和着仿佛是断续的琴声，低诉着一个幽独者自娱的音调。看到这同一片阳光射到地上时，我感到地面上花影浮动，暗香吹拂左右，人随着晌午的光霭花气在变幻，那种动，柔谐婉转有如无声音乐，令人悠然轻快，不自觉地脱落伤愁。至多，在舒扬理智的客观里使我偶一回头，看看过去幼年记忆步履所留的残迹，有点儿惋惜时间；微微怪时间不能保存情绪，保存那一切情绪所曾流连的境界。

倚在软椅上不但奢侈，也许更是一种过失，有闲的过失。但东坡的辩护：“懒者常似静，静岂懒者徒。”不是没有道理。如果此刻不倚榻上而“静”，则方才情绪所兜的小小圈子便无条件地失落了去！人家就不可惜它，自己却实在不能不感到这种亲密的损失的可哀。

就说它是情绪上的小小旅行罢，不走并无不可，不过走走未始不是更好。归根说，我们活在这世上到底最珍惜一些什么？果真珍惜万物之灵的人的活动所产生的种种，所谓人类文化？这人类文化到底又靠一些什么？我们怀疑或许就是人身上那一撮精神同机体的感觉，生理心理所共起的情感，所激发出的一串行为，所聚敛的一点智慧——那么一点点人之所以为人的表现。宇宙万物客观的本无所可珍惜，反映在人性上的山川草木禽兽才开始有了秀丽，有了气质，有了灵犀。反映在人性上的人自己更不用说。没有人的感觉，人的情感，即便有自然，也就没有自然的美，质或神方面更无所谓人的智慧，人的创造，人的一切生活艺术的表现！这样说来，谁该鄙弃自己感觉上的小小旅行？为壮壮自己胆子，我们更该相信惟其人类有这类情绪的驰骋，实际的世间才赓续着产生我们精神所寄托的文物精萃。

此刻我竟可以微微一咳嗽，乃至于用播音的圆润口调说：我们既然无疑的珍惜文化，即尊重盘古到今种种的艺术——无论是抽象的思想的艺术，或是具体的驾驭天然材料另创的非天然形象——则对于艺术所由来的渊源，那点点人的感觉，人的情感智慧（通称人的情绪），又当如何地珍惜才算合理？

但是情绪的驰骋，显然不是诗或画或任何其它艺术建造的完成。这驰骋此刻虽占了自己生活的若干时间，却并不在空间里占任何一个小小位置！这个情形自己需完全明了。此刻它仅是一种无踪迹的流动，并无栖身的形体。它或含有各种或可捉摸的素质，但是好奇地探讨这个素质而具体要表现它的差事，无论其有无意义，除却本人外，别人是无能为力的。我此刻为着一片清婉可喜的阳光，分明自己在对内心交流变化的各种联想发生一种兴趣的注意，换句话说，这好奇与兴趣的注意已是我此刻生活的活动。一种力量又迫着我来把握住这个活动，而设法表现它，这不易抑制的冲动，或即所谓艺术冲动也未可知！只记得冷静的杜工部散散步，看看花，也不免会有“江上被花恼不彻，无处告诉只颠狂”的情绪上一片紊乱！玲珑煦暖的阳光照人面前，那美的感人力量就不减于花，不容我生硬地自己把情绪分划为有闲与实际的两种，而权其轻重，然后再决定取舍的。我也只有情绪上的一片紊乱。

情绪的旅行本偶然的事，今天一开头并为着这片春初晌午的阳光，现在也还是为着它。房间内有两种豪侈的光常叫我的心绪紧张如同花开，趁着感觉的微风，深浅零乱于冷智的枝叶中间。一种是烛光，高高的台座，长垂的烛泪，熊熊红焰当帘幕四下时各处光影掩映。那种闪烁明艳，雅有古意，明明是画中景象，却含有更多诗的成分。另一种便是这初春晌午的阳光，到时候有意无意的大片子洒落满室，那些窗棂栏板几案笔砚浴在光霭中，一时全成了静物图案；再有红蕊细枝点缀几处，室内更是轻香浮溢，叫人俯仰全触到一种灵性。

这种说法怕有点会发生误会，我并不说这片阳光射入室内，需要笔砚花香那些儒雅的托衬才能动人，我的意思倒是：室内顶寻常的一些供设，只要一片阳光这样又幽娴又洒脱地落在上面，一切都会带上另一种动人的气息。

这里要说到我最初认识的一片阳光。那年我六岁，记得是刚刚出了水珠以后——水珠即寻常水痘，不过我家乡的话叫它做水珠。当时我很喜欢那美丽的名字，忘却它是一种病，因而也觉到一种神秘的骄傲。只要人过我窗口问问出“水珠”么？我就感到一种荣耀。那个感觉至今还印在脑子里。也为这个缘故，我还记得病中奢侈的愉悦心境。虽然同其它多次的害病一样，那次我仍然是孤独的被囚禁在一间房屋里休养的。那是我们老宅子里最后的一进房子；白粉墙围着小小院子，北面一排三间，当中夹着一个开敞的厅堂。我病在东头娘的卧室里。西头是婶婶的住房。娘同婶永远要在祖母的前院里行使她们女人们的职务的，于是我常是这三间房屋惟一留守的主人。

在那三间屋子里病着，那经验是难堪的。时间过得特别慢，尤其是在日中毫无睡意的时候。起初，我仅集注我的听觉在各种似脚步，又不似脚步的上面。猜想着，等候着，希望着人来。间或听听隔墙各种琐碎的声音，由墙基底下传达出来又消敛了去。过一会儿，我就不耐烦了——不记得是怎样的，我就蹑着脚，挨着木床走到房门边。房门向着厅堂斜斜地开着一扇，我便扶着门框好奇地向外探望。

那时大概刚是午后两点钟光景，一张刚开过饭的八仙桌，异常寂寞地立在当中。桌下一片由厅口处射进来的阳光，泄泄融融地倒在那里。一个绝对悄寂的周围伴着这一片无声的金色的晶莹，不知为什么，忽使我六岁孩子的心里起了一次极不平常的振荡。

那里并没有几案花香，美术的布置，只是一张极寻常的八仙桌。如果我的记忆没有错，那上面在不多时间以前，是刚陈列过咸鱼、酱菜一类极寻常俭朴的午餐的。小孩子的心却呆了。或许两只眼睛倒张大一点，四处地望，似乎在寻觅一个问题的答案。为什么那片阳光美得那样动人？我记得我爬到房内窗前的桌子上坐着，有意无意地望望窗外，院里粉墙疏影同室内那片金色和煦绝然不同趣味。顺便我翻开手边娘梳妆用的旧式镜箱，又上下摇动那小排状抽屉，同那刻成花篮形的小铜坠子，不时听雀跃过枝清脆的鸟语。心里却仍为那片阳光隐着一片模糊的疑问。

时间经过二十多年，直到今天，又是这样一泄阳光，一片不可捉摸，不可思议流动的而又恬静的瑰宝，我才明白我那问题是永远没有答案的。事实上仅是如此：一张孤独的桌，一角寂寞的厅堂。一只灵巧的镜箱，或窗外断续的鸟语和水珠——那美丽小孩子的病名——便凑巧永远同初春静沉的阳光整整复斜斜地成了我回忆中极自然的联想。

窗子以外

话从那里说起？等到你要说话，什么话都是那样渺茫的找不到个源头。

此刻，就在我眼帘底下坐着是四个乡下人的背影；一个头上包着黯黑的白布，两个褪色的蓝布，又一个光头。他们支起膝盖，半蹲半坐的，在溪沿的短墙上休息。每人手里一件简单的东西；一个是白木棒，一个篮子，那两个在树荫底下我看不清楚。无疑的他们已经走了许多路，再过一刻，抽完一筒旱烟以后，是还要走许多路的。兰花烟的香味频频随着微风，袭到我官觉上来，模糊中还有几段山西梆子的声调，虽然他们坐的地方是在我廊子的铁纱窗以外。

铁纱窗以外，话可不就在这里了。永远是窗子以外，不是铁纱窗就是玻璃窗，总而言之，窗子以外！

所有的活动的颜色声音，生的滋味，全在那里的，你并不是不能看到，只不过是永远地在你窗子以外罢了。多少百里的平原土地，多少区域的起伏的山峦，昨天由窗子外映进你的眼帘，那是多少生命日夜在活动着的所在；每一根青的什么麦黍，都有人流过汗；每一粒黄的什么米粟，都有人吃去；其间还有的是周折，是热闹，是紧张！可是你则并不一定能看见，因为那所有的周折，热闹，紧张，全都在你窗子以外展演着。

在家里罢，你坐在书房里，窗子以外的景物本就有限。那里两树马缨，几棵丁香；榆叶梅横出风雅的一大枝；海棠因为缺乏阳光，每年只开个两三朵——叶子上满是虫蚁吃的创痕，还卷着一点焦黄的边；廊子幽秀地开着扇子式，六边形的格子窗，透过外院的日光，外院的杂音。什么送煤的来了，偶然你看到一个两个被煤炭染成黔黑的脸；什么米送到了，一个人掮着一大口袋在背上，慢慢踱过屏门；还有自来水，电灯，电话公司来收账的，胸口斜挂着皮口袋，手里推着一辆自行车；更有时厨子来个朋友了，满脸的笑容，“好呀，好呀”地走进门房；什么赵妈的丈夫来拿钱了，那是每月一号一点都不差的，早来了你就听到两个人唧唧哝哝争吵的声浪。那里不是没有颜色，声音，生的一切活动，只是他们和你总隔个窗子——扇子式的，六边形的，纱的，玻璃的！

你气闷了把笔一搁说，这叫做甚么生活！你站起来，穿上不能算太贵的鞋袜，但这双鞋和袜的价钱也就比——想它做什么，反正有人每月的工资，一定只有这价钱的一半乃至于更少。你出去雇洋车了，拉车的嘴里所讨的价钱当然是要比例价高得多，难道你就傻子似的答应下来？不，不，三十二子，拉就拉，不拉，拉倒！心里也明白，如果真要充内行，你就该说，二十六子，拉就拉——但是你好意思争！

车开始辗动了，世界仍然在你窗子以外。长长的一条胡同，一个个大门紧紧地关着。就是有开的，那也只是露出一角，隐约可以看到里面有南瓜棚子，底下一个女的，坐在小凳上缝缝做做的；另一个，抓住还不能走路的小孩子，伸出头来喊那过路卖白菜的。至于白菜是多少钱一斤，那你是听不见了，车子早已拉得老远，并且你也无需乎知道的。在你每月费用之中，伙食是一定占去若干的。在那一笔伙食费里，白菜又是多么小的一个数。难道你知道了门口卖的白菜多少钱一斤，你真把你哭丧着脸的厨子叫来申斥一顿，告诉他每一斤白菜他多开了你一个“大子儿”？

车越走越远了，前面正碰着粪车，立刻你拿出手绢来，皱着眉，把鼻子蒙得紧紧的，心里不知怨谁好。怨天做的事太古怪；好好的美丽的稻麦却需要粪来浇！怨乡下人太不怕臭，不怕脏，发明那么两个篮子，放在鼻前手车上，推着慢慢走！你怨市里行政人员不认真办事，如此脏臭不卫生的旧习不能改良，十余年来对这粪车难道真无办法？为着强烈的臭气隔着你窗子还不够远，因此你想到社会卫生事业如何还办不好。

路渐渐好起来，前面墙高高的是个大衙门。这里你简直不止隔个窗子，这一带高高的墙是不通风的。你不懂里面有多少办事员，办的都是什么事；多少浓眉大眼的，对着乡下人做买卖的吆喝诈取；多少个又是脸黄黄的可怜虫，混半碗饭分给一家子吃。自欺欺人，里面天天演的到底是甚么把戏？但是如果里面真有两三个人拼了命在那里奋斗，为许多人争一点便利和公道，你也无从知道！

到了热闹的大街了，你仍然像在特别包厢里看戏一样，本身不会，也不必参加那出戏；倚在栏杆上，你在审美的领略，你有的是一片闲暇。但是如果这里洋车夫问你在那里下来，你会吃一惊，仓卒不知所答。生活所最必需的你并不缺乏什么，你这出来就也是不必需的活动。

偶一抬头，看到街心和对街铺子前面那些人，他们都是急急忙忙的，在时间金钱的限制下采办他们生活所必需的。两个女人手忙脚乱地在监督着店里的伙计称秤。二斤四两，二斤四两的什么东西，且不必去管，反正由那两个女人的认真的神气上面看去，必是非同小可，性命交关的货物。并且如果称得少一点时，那两个女人为那点吃亏的分量必定感到重大的痛苦；如果称得多时，那伙计又知道这年头那损失在东家方面真不能算小。于是那两边的争持是热烈的，必需的，大家声音都高一点；女人脸上呈块红色，头发披下了一缕，又用手抓上去；伙计则维持着客气，口里嚷着：错不了，错不了！

热烈的，必需的，在车马纷纭的街心里，忽然由你车边冲出来两个人；男的，女的，各各提起两脚快跑。这又是干什么的，你心想，电车正在拐大弯。那两人原就追着电车，由轨道旁边擦过去，一边追着，一边向电车上卖票的说话。电车是不容易赶的，你在洋车上真不禁替那街心里奔走赶车的担心。但是你也知道如果这趟没赶上，他们就可以在街旁站个半点来钟，那些宁可盼穿秋水不雇洋车的人，也就是因为他们的生活而必需计较和节省到洋车同电车价钱上那相差的数目。

此刻洋车跑得很快，你心里继续着疑问你出来的目的，到底采办一些甚么必需的货物。眼看着男男女女挤在市场里面，门首出来一个，进去一个，手里都是持着包包裹裹，里边虽然不会全是他们当日所必需的，但是如果当中夹着一盒稍微奢侈的物品，则亦必是他们生活中间闪着亮光的一个愉快！你不是听见那人说么？里面草帽，一块八毛五，贵倒贵点，可是“真不赖”！他提一提帽盒向着打招呼的朋友，他摸一摸他那剃得光整的脑袋，微笑充满了他全个脸。那时那一点迸射着光闪的愉快，当然的归属于他享受，没有一点疑问，因为天知道，这一年中他多少次的克己省俭，使他赚来这一次美满的，大胆的奢侈!

那点子奢侈在那人身上所发生的喜悦，在你身上却完全失掉作用，没有闪一星星亮光的希望！你想，整年整月你所花费的，和你那窗子以外的周围生活程度一比较，严格算来，可不都是非常靡费的用途？每奢侈一次，你心上只有多难过一次，所以车子经过的那些玻璃窗口，只有使你更惶恐，更空洞，更怀疑，前后彷徨不着边际。并且看了店里那些形形色色的货物，除非你真是傻子，难道不晓得它们多半是由那一国工厂里制造出来的！奢侈是不能给你愉快的，它只有要加增你的戒惧烦恼。每一尺好看点的纱料，每一件新鲜点的工艺品!

你诅咒着城市生活，不自然的城市生活！检点行装说，走了，走了；这沉闷没有生气的生活，实在受不了，我要换个样子过活去。健康的旅行既可以看看山水古刹的名胜，又可以知道点内地纯朴的人情风俗。走了，走了，天气还不算太坏，就是走他一个月六礼拜也是值得的。

没想到不管你走到那里，你永远免不了坐在窗子以内的。不错，许多时髦的学者常常骄傲地带上“考察”的神气，架上科学的眼镜，偶然走到那里一个陌生的地方瞭望，但那无形中的窗子是仍然存在的。不信，你检查他们的行李，有谁不带着罐头食品，帆布床，以及别的证明你还在你窗子以内的种种零星用品，你再摸一摸他们的皮包，那里短不了有些钞票；一到一个地方，你有的是一个提另的小小世界。不管你的窗子朝向那里望，所看到的多半则仍是在你窗子以外，隔层玻璃，或是铁纱！隐隐约约你看到一些颜色，听到一些声音，如果你私下满足了，那也没有甚么，只是千万别高兴起说什么接触了，认识了若干事物人情，天知道那是罪过！洋鬼子们的一些浅薄，千万学不得。

你是仍然坐在窗子以内的，不是火车的窗子，汽车的窗子，就是客栈逆旅的窗子，再不然就是你自己无形中习惯的窗子，把你搁在里面。接触和认识实在谈不到，得天独厚的闲暇生活先不容你。一样是旅行，如果你背上掮的不是照相机而是一点做买卖的小血本，你就需要全副的精神来走路：你得留神投宿的地方；你得计算一路上每吃一次烧饼和几颗沙果的钱；遇着同行的战战兢兢地打招呼，互相捧出诚意，遇着困难时好互相关照帮忙；到了一个地方你是真带着整个血肉的身体到处碰运气，紧张的境遇不容你不奋斗，不与其他奋斗的血和肉的接触，直到经验使得你认识。

前日公共汽车里一列辛苦的脸，那些谈话，里面就有很多生活的分量。陕西过来做生意的老头和那旁坐的一股客气，是不得已的；由交城下车的客人执着红粉包纸烟递到汽车行管事手里也是有多少理由的，穿棉背心的老太婆默默地挟住一个蓝布包袱，一个钱包，是在用尽她的全副本领的。果然到了冀村，她错过站头，还亏别个客人替她要求车夫，将汽车退行两里路，她还不大相信地望着那村站，口里噜苏着这地方和上次如何两样了。开车的一面发牢骚一面爬到车顶替老太婆拿行李，经验使得他有一种涵养，行旅中少不了有认不得路的老太太，这个道理全世界是一样的，伦敦警察之所以特别和蔼，也是从迷路的老太太孩子们身上得来的。

话说了这许多，你仍然在廊子底下坐着，窗外送来溪流的喧响，兰花烟气味早已消失，四个乡下人这时候当已到了上流“庆和义”磨坊前面。昨天那里磨坊的伙计很好笑地满脸挂着面粉，让你看着磨坊的构造；坊下的木轮，屋里旋转着的石碾，又在高低的院落里，来回看你所不经见的农具在日影下列着。院中一棵老槐一丛鲜艳的杂花一条曲曲折折引水的沟渠，伙计和气地伴着说闲话。他用着山西口音，告诉你，那里一年可出五千多包的面粉，每包的价钱约略两块多钱。又说这十几年来，这一带因为山水忽然少了，磨坊关闭了多少家，外国人都把那些磨坊租去作他们避暑的别墅。惭愧的你说，你就是住在一个磨坊里面，他脸上堆起微笑，让面粉一星星在日光下映着，说认得认得，原来你所租的磨坊主人，一个外国牧师，待这村子极和气，乡下人和他还都有好感情。

这真是难得了，并且好感的由来还有实证。就是那一天早上你无意中出去探古寻胜，这一省山明水秀，古刹寺院，动不动就是宋辽的原物。走到山上一个小村的关帝庙里，看到一个铁铎，刻着万历年号，原来是万历赐这村里庆成王的后人的，不知怎样流落到卖古董的手里，七年前让这牧师买去，晚上打着玩，嘹亮的钟声被村人听到，急忙赶来打听，要凑原价买回，情辞恳切，说起这是他们吕姓的祖传宝物，决不能让它流落出境，这牧师于是真个把铁铎还了他们，从此便在关帝庙神前供着。

这样一来你的窗子前面便展开了一张浪漫的图画，打动了你好奇，管它是隔一层或两层窗子，你也忍不住要打听点底细，怎么明庆成王的后人会姓吕！这下子文章便长了。

如果你的祖宗是皇帝的嫡亲弟弟，你是不会，也不愿，忘掉的。据说庆成王是永乐的弟弟，这赵庄村里的人都是他的后代。不过就是因为他们记得太清楚了，另一朝的皇帝都有些老大不放心，雍正间诏命他们改姓，由姓朱改为姓吕，但是他们还有用二十字排行的方法，使得他们不会弄错他们是这一脉子孙。

这样一来你就有点心跳了，昨天你雇来那打水洗衣服的不也是赵庄村来的，并且还姓吕！果然那土头土脑圆脸大眼的少年是个皇裔贵族，真是有失尊敬了。那么这村子一定穷得不得了，但事实上则不见得。

田亩一片，年年收成也不坏。家家户户门口有特种围墙，像个小小堡垒——当时防匪用的。屋子里面有大漆衣柜衣箱，柜门上白铜擦得亮亮；炕上棉被红红绿绿也颇鲜艳。可是据说关帝庙里已有四年没有唱戏了，虽然戏台还高巍巍地对着正殿。村子这几年穷了，有一位王孙告诉你，唱戏太花钱，尤其是上边使钱。这里到底是隔个窗子，你不懂了，一样年年好收成，为什么这几年村子穷了，只模模糊糊听到什么军队驻了三年多等，更不懂的是，村子向上一年辛苦后的娱乐，关帝庙里唱唱戏，得上面使钱？既然隔个窗子听不明白，你就通气点别尽管问了。

隔着一个窗子你还想明白多少事？昨天雇来吕姓倒水，今天又学洋鬼子东逛西逛，跑到下面养有鸡羊，上面挂有武魁匾额的人家，让他们用你不懂得的乡音招呼你吃茶，炕上坐，坐了半天出到门口，和那送客的女人周旋客气了一回，才恍然大悟，她就是替你倒脏水洗衣裳的吕姓王孙的妈，前晚上还送饼到你家来过！

这里你迷糊了。算了算了！你简直老老实实地坐在你窗子里得了，窗子以外的事，你看了多少也是枉然，大半你是不明白，也不会明白的。

蛛丝和梅花

真真的就是那么两根蛛丝，由门框边轻轻地牵到一枝梅花上。就是那么两根细丝，迎着太阳光发亮……再多了，那还像样么？一个摩登家庭如何能容蛛网在光天白日里作怪，管它有多美丽，多玄妙，多细致，够你对着它联想到一切自然，造物的神工和不可思议处；这两根丝本来就该使人脸红，且在冬天够多特别！可是亮亮的，细细的，倒有点像银，也有点像玻璃制的细丝，委实不算讨厌，尤其是它们那么潇脱风雅，偏偏那样有意无意地斜着搭在梅花的枝梢上。

你向着那丝看，冬天的太阳照满了屋内，窗明几净，每朵含苞的，开透的，半开的梅花在那里挺秀吐香，情绪不禁迷茫缥缈地充溢心胸，在那刹那的时间中振荡。同蛛丝一样的细弱，和不必需，思想开始抛引出去；由过去牵到将来，意识的，非意识的，由门框梅花牵出宇宙，浮云沧波踪迹不定。是人性，艺术，还是哲学，你也无暇计较，你不能制止你情绪的充溢，思想的驰骋，蛛丝梅花竟然是瞬息可以千里！

好比你是蜘蛛，你的周围也有你自织的蛛网，细致地牵引着天地，不怕多少次风雨来吹断它，你不会停止了这生命上基本的活动。此刻……一枝斜好，幽香不知甚处，……

拿梅花来说罢，一串串丹红的结蕊缀在秀劲的傲骨上，最可爱，最可赏，等半绽将开的错落在老枝上时，你便会心跳！梅花最怕开；开了便没话说。索性残了，沁香拂散同夜里炉火都能成了一种温存的凄清。

记起了，也就是说到梅花，玉兰。初是有个朋友说起初恋时玉兰刚开完，天气每天的暖，住在湖旁，每夜跑到湖边林子里走路，又静坐幽僻石上看隔岸灯火，感到好像仅有如此虔诚地孤对一片泓碧寒星远市，才能把心里情绪抓紧了，放在最可靠最纯净的一撮思想里，始不至亵渎了或是惊着那“寤寐思服”的人儿。那是极年轻的男子初恋的情景，——对象渺茫高远，反而近求“自我的”郁结深浅，——他问起少女的情绪。

就在这里，忽记起梅花。一枝两枝，老枝细枝，横着，虬着，描着影子，喷着细香；太阳淡淡金色地铺在地板上；四壁琳琅，书架上的书和书签都像在发出言语；墙上小对联记不得是谁的集句；中条是东坡的诗。你敛住气，简直不敢喘息，踮起脚，细小的身形嵌在书房中间，看残照当窗，花影摇曳，你像失落了什么，有点迷惘。又像“怪东风着意相寻”，有点儿没主意！浪漫，极端的浪漫。“飞花满地谁为扫？”你问，情绪风似的吹动，卷过，停留在惜花上面。再回头看看，花依旧嫣然不语。“如此娉婷，谁人解看花意”，你更沉默，几乎热情地感到花的寂寞，开始怜花，把同情统统诗意的交给了花心！

这不是初恋，是未恋，正自觉“解看花意”的时代。情绪的不同，不止是男子和女子有分别，东方和西方也甚有差异。情绪即使根本相同，情绪的象征，情绪所寄托，所栖止的事物却常常不同。水和星子同西方情绪的联系，早就成了习惯。一颗星子在蓝天里闪，一流冷涧倾泄一片幽愁的平静，便激起他们诗情的波涌，心里甜蜜地，热情地便唱着由那些鹅羽的笔锋散下来的“她的眼如同星子在暮天里闪”，或是“明丽如同单独的那颗星，照着晚来的天”，或“多少次了，在一流碧水旁边，忧愁倚下她低垂的脸”。

惜花，解花太东方，亲昵自然，含着人性的细致是东方传统的情绪。

此外年龄还有尺寸，一样是愁，却跃跃似喜，十六岁时的，微风零乱，不颓废，不空虚，踮着理想的脚充满希望，东方和西方却一样。人老了脉脉烟雨，愁吟或牢骚多折损诗的活泼。大家如香山，稼轩，东坡，放翁的白发华发，很少不梗在诗里，至少是令人不快。话说远了，刚说是惜花，东方老少都免不了这嗜好，这倒不论老的雪鬓曳杖，深闺里也就攒眉千度。

最叫人惜的花是海棠一类的“春红”，那样娇嫩明艳，开过了残红满地，太招惹同情和伤感。但在西方即使也有我们同样的花，也还缺乏我们的廊庑庭院。有了“庭院深深深几许”才有一种庭院里特有的情绪。如果李易安的“斜风细雨”底下不是“重门须闭”也就不“萧条”得那样深沉可爱；李后主的“终日谁来”也一样的别有寂寞滋味。看花更须庭院，深深锁在里面认识，不时还得有轩窗栏杆，给你一点凭借，虽然也用不着十二栏杆倚遍，那么慵弱无聊。

当然旧诗里伤愁太多；一首诗竟像一张美的证券，可以照着市价去兑现！所以庭花，乱红，黄昏，寂寞太滥，诗常失却诚实。西洋诗，恋爱总站在前头，或是“忘掉”，或是“记起”，月是为爱，花也是为爱，只使全是真情，也未尝不太腻味。就以两边好的来讲；拿他们的月光同我们的月色比，似乎是月色滋味深长得多。花更不用说了；我们的花“不是预备采下缀成花球，或花冠献给恋人的”，却是一树一树绰约的，个性的，自己立在情人的地位上接受恋歌的。

所以未恋时的对象最自然的是花，不是因为花而起的感慨，——十六岁时无所谓感慨，——仅是刚说过的自觉解花的情绪，寄托在那清丽无语的上边，你心折它绝韵孤高，你为花动了感情，实说你同花恋爱，也未尝不可，——那惊讶狂喜也不减于初恋。还有那凝望，那沉思……

一根蛛丝！记忆也同一根蛛丝，搭在梅花上就由梅花枝上牵引出去，虽未织成密网，这诗意的前后，也就是相隔十几年的情绪的联络。

午后的阳光仍然斜照，庭院阒然，离离疏影，房里窗棂和梅花依然伴和成为图案，两根蛛丝在冬天还可算为奇迹，你望着它看，真有点像银，也有点像玻璃，偏偏那么斜挂在梅花的枝梢上。

二十五年新年漫记

彼　此

朋友又见面了，点点头笑笑，彼此晓得这一年不比往年，彼此是同增了许多经验。个别的说，这时间中每一人的经历虽都有特殊的形相，含着特殊的滋味，需要个别的情绪来分析来描述。

综合地说，这许多经验却是一整片仿佛同式同色，同大小，同分量的迷惘。你触着那一角，我碰上这一头，归根还是那一片迷惘笼罩着彼此。七月！——这两字就如同史歌的开头那么有劲——八月，九月带来了那狂风，后来，后来过了年——那无法忘记的除夕！——又是那一月，二月，三月，到了七月，再接再厉地又到了年夜。现在又是一月二月在开始……谁记得最清楚，这串日子是怎样的延续下来，生活如何的变？想来彼此都不会记得过分清晰，一切都似乎在迷离中旋转，但谁又会忘掉那么切肤的重重忧患的网膜？

经过炮火或流浪的洗礼，变换又变换的日月，难道彼此脸上没有一点记载这经验的痕迹？但是当整一片国土纵横着创痕，大家都是“离散而相失——去故乡而就远”，自然“心婵媛而伤怀兮，眇不知其所蹠”，脸上所刻那几道并不使彼此惊讶，所以还只是笑笑好。口角边常添几道酸甜的纹路，可以帮助彼此咀嚼生活。何不默认这一点：在迷惘中人最应该有笑，这种的笑，虽然是敛住神经，敛住肌肉，仅是毅力的后背，它却是必需的，如同保护色对于许多生物，是必需的一样。

那一晚在××江心，某一来船的甲板上，热臭的人丛中，他记起他那时的困顿饥渴和狼狈，旋绕他头上的却是那真实倒如同幻象，幻象又成了真实的狂敌杀人的工具，敏捷而近代型的飞机：美丽得像鱼像鸟……！这里黯然的一掬笑是必需的，因为同样的另外一个人懂得那原始的骤然唤起纯筋肉反射作用的恐怖。他也正在想那时他在××车站台上露宿，天上有月，左右有人，零落如同被风雨摧落后的落叶，瑟索的蜷伏着，他们心里都在回味那一天他们所初次尝到的敌机的轰炸！谈话就可以这样无限制的延长，因为现在都这样的记忆，——比这样更辛辣苦楚的——在各人心里真是太多了！随便提起一个地名大家所熟悉的都会或商埠，随着全会涌起怎样的一个最后印象！

再说初入一个陌生城市的一天，——这经验现在又多普遍——尤其是在夜间，这里就把个别的情形和感触除外，在大家心底曾留下的还不是一剂彼此都熟识的清凉散？苦里带涩，那滋味侵入脾胃时，小小的冷噤会轻轻在背脊上爬过，用不着丝毫锐性的感伤！也许他可以说他在那夜进入某某城内时，看到一列小店门前凄惶的灯，黄黄的发出奇异的晕光，使他嗓子里如梗着刺，感到一种发紧的触觉。你所能记得的却是某一号车站后面黯白的煤气灯射到陌生的街心里，使你心里好像失落了什么。

那陌生的城市，在地图上指出时，你所经过的同他所经过的也可以有极大的距离，你同他当时的情形也可以完全的不相同。但是在这里，个别的异同似乎非常之不相干；相干的仅是你我会彼此点头，彼此会意，于是也会彼此的笑笑。

七月在卢沟桥与敌人开火以后，纵横中国土地上的脚印密密地衔接起来，更加增了中国地域广漠的证据。每个人参加过这广漠地面上流转的大韵律的，对于尘土和血，两件在寻常不多为人所理会的，极寻常的天然质素，现在每人在他个别的角上，对它们都发生了莫大亲切的认识。每一寸土，每一滴血，这种话，已是可接触，可把持的十分真实的事物，不仅是一句话一个“概念”而已。

在前线的前线，兴奋和疲劳已掺拌着尘土和血另成一种生活的形体魂魄。睡与醒中间，饥与食中间，生和死中间，距离短得几乎不存在！生活只是一股力，死亡一片沉默的恨，事情简单得无可再简单。尚在生存着的，继续着是力，死去的也继续着堆积成更大的恨。恨又生力，力又变恨，惘惘的却勇敢地循环着，其他一切则全是悬在这两者中间悲壮热烈的穿插。

在后方，事情却没有如此简单，生活仍然缓弛地伸缩着；食宿生死间距离恰像黄昏长影，长长的，尽向前引伸，像要扑入夜色，同夜溶成一片模糊。在日夜宽泣的循回里于是穿插反更多了，真是天地无穷，人生长勤。生之穿插零乱而琐屑，完全无特殊的色泽或轮廓，更不必说英雄气息壮烈成份。斑斑点点仅像小血锈凝在生活上，在你最不经意中烙印生活。如果你有志不让生活在小处窳败，逐渐减损，由锐而钝，由张而弛，你就得更感谢那许多极平常而琐碎的摩擦，无日无夜地透过你的神经，肌肉或意识。这种时候，叹息是悬起了，因一切虽然细小，却绝非从前所熟识的感伤。每件经验都有它粗壮的真实，没有叹息的余地。

口边那酸甜的纹路是实际哀乐所刻画而成，是一种坚忍韧性的笑。因为生活既不是简单的火焰时，它本身是很沉重，需要韧性的支持，需要产生这韧性支持的力量。

现在后方的问题，是这种力量的泉源在那里？决不凭着平日均衡的理智，——那是不够的，天知道！尤其是在这时候，情感就在皮肤底下“踊跃其若汤”，似乎它所需要的是超理智的冲动！现在后方被缓的生活，紧的情感，两面摩擦得愁郁无快，居戚戚而不可解，每个人都可以苦恼而又热情地唱“终长夜之曼曼兮，掩此哀而不去”，或“宁逝死而流亡兮，不忍为此之常愁”！支持这日子的主力在那里呢？你我生死，就不检讨它的意义以自大。也还需要一点结实的凭借才好。

我认得有个人，很寻常地过着国难日子的寻常人，写信给他朋友说，他的嗓子虽然总是那么干哑，他却要哑着嗓子私下告诉他的朋友：他感到无论如何在这时候，他为这可爱的老国家带着血活着，或流着血或不流着血死去，他都觉到荣耀，异于寻常的，他现在对于生与死都必然感到满足。这话或许可以在许多心弦上叩起回响，我常思索这简单朴实的情感是从那里来的。

信念？像一道泉流透过意识，我开始明了理智同热血的冲动以外，还有个纯真的力量的出处。信心产生力量又可储蓄力量。

信仰坐在我们中间多少时候了，你我可曾觉察到？信仰所给与我们的力量不也正是那坚忍韧性的倔强？我们都相信，我们只要都为它忠贞地活着或死去，我们的大国家自会永远地向前迈进，由一个时代到又一个时代。我们在这生是如此艰难，死是这样容易的时候，彼此仍会微笑点头的缘故也就在这里罢？现在生活既这样的彼此患难同味，这信心自是，我们此时最主要的连系，不信你问他为什么仍这样硬朗地活着，他的回答自然也是你的回答，如果他也问你。

信仰坐在我们中间多少时候了？那理智热情都不能代替的信心！

思索时许多事，在思流的过程中，总是那么晦涩，明了时自己都好笑所想到的是那么简易明显的事实！此时我拭下额汗，差不多可以意识到自己口边的纹路，我尊重着那酸甜的笑，因为我明白起来，它是力量。

话不用再说了，现在一切都是这么彼此，这么共同，个别的情绪这么不相干。当前的艰苦不是个别的，而是普遍的，充满整一个民族，整一个时代！我们今天所叫做生活的，过后它便是历史。客观的无疑我们彼此所熟识的艰苦正在展开一个大时代。所以别忽略了我们现在彼此地点点头。且最好让我们共同酸甜的笑纹，有力的，坚韧的，横过历史。

惟其是脆嫩

活在这非常富于刺激性的年头里，我敢喘一口气说，我相信一定有多数人成天里为观察听闻到的，牵动了神经，从跳动而有血裹着的心底下累积起各种的情感，直冲出嗓子，逼成了语言到舌头上来。这自然丰富的累积，有时更会倾溢出少数人的唇舌，再奔进到笔尖上，另具形式变成在白纸上驰骋的文字。这种文字便全是我们这个时代的出产，大家该千万珍视它！

现在，无论在那里，假如有一个或多种的机会，我们能把许多这种自然触发出来的文字，交出给同时代的大众见面，因而或能激动起更多方面，更复杂的情感，和由这情感而形成更多方式的文字；一直造成了一大片丰富而且有力的创作的田壤，森林，江山……产生结结实实的我们这个时代特有的表情和文章；我们该不该诚恳地注意到这机会或能造出的事业，各人将各人的一点点心血献出来尝试？

假使，这里又有了机会联聚起许多人，为要介绍许多方面的文字，更连而研讨文章的质的方面；或指出已往文章的历程，或讲究到各种文章上比较的问题，进而无形地讲究到程度和标准等问题，我又敢相信，在这种景况下定会发生更严重鼓励写作的主动力。使创作界增加问题，或许。惟其是增加了问题，才助益到创造界的活泼和健康。文艺决不是蓬勃丛生的野草。

我们可否直爽地承认一桩事？创作的鼓动时常要靠着刊物把它的成绩布散出去吹风，晒太阳，和时代的读者把晤的。被风吹冷了，太阳晒萎了，固常有的事。被读者所欢迎，所冷淡，或误会，或同情，归根应该都是激励创造力的药剂！至于，一来就高举趾，二来就气馁的作者，每个时代都免不了有他们起落踪迹。这个与创作界主体的展动只成枝节问题。那一个创作兴旺的时代缺得了介绍散布作品的刊物，同那或能同情，或不了解的读众？

创作品是不能不与时代见面的，虽然作者的名姓，则并不一定。伟大作品没有和本时代见面，而被他时代发现珍视的固然有，但也只是偶然例外的事。希腊悲剧是在几万人前面唱演的，莎士比亚的戏更是街头巷尾的粗人都看得到的。到有刊物时代的欧洲，更不用说，一首诗文出来人人争买着看，就是中国在印刷艰难的时候，也是什么“传诵一时”；什么“人手一抄”等……

创作的主力固在心底，但逼迫着这只有时间性的情绪语言而留它在空间里的，却常是刊物这一类的鼓励和努力所促成。

现走遍人间是能刺激起创作的主力。尤其在中国，这种日子，那一副眼睛看到了些什么，舌头底下不立刻紧急的想说话，乃至于歌泣！如果创作界仍然有点消沉寂寞的话——努力的少，尝试的稀罕——那或是有别的缘故而使然。我们问：“能鼓励创作界的活跃性的是些什么？刊物是否可以救济这消沉的？”努力过刊物的诞生的人们，一定知道刊物又时常会因为别的复杂原因而夭折的。它常是极脆嫩的孩儿……那么有创作冲动的笔锋，努力于刊物的手臂，此刻何不联在一起，再来一次合作，逼着创造界又挺出一个新鲜的萌芽！管它将来能不能成田壤，成森林，成江山，一个萌芽是一个萌芽。脆嫩？惟其是脆嫩，我们大家才更要来爱护它。

这时代是我们特有的，结果我们单有情感而没有表现这情绪的艺术，眼看着后代人笑我们是黑暗时代的哑子，没有艺术，没有文章，乃至于怀疑到我们有不有情感！

回头再看到祖宗传流下那神气的衣钵，怎不觉得惭愧！说世乱，杜老头子过的是什么日子！辛稼轩当日的愤慨当使我们同情！……何必诉，诉不完。难道现在我们这时代没有形形色色的人物，喜剧悲剧般的人生作题？难道我们现时没有美丽，没有风雅，没有丑陋，恐慌，没有感慨，没有希望？！难道连经这些天灾战祸，我们都不会描述，身受这许多刺骨的辱痛，我们都不会愤慨高歌迸出一缕滚沸的血流？！

难道我们真麻木了不成？难道我们这时代的语辞真贫穷得不能达意？难道我们这时代真没有学问真没有文章？！朋友们努力挺出一根活的萌芽来，记着这个时代是我们的。

第一幕

我想像到编剧时，一个作者对他的“第一幕”是怎样个态度，我总替作者难为情。好像一个母亲请客以前，在一堆孩子中间，对她的大女儿带着央求的口气说：“你是大姊姊呢，你总得让一点，你还得替妈妈多帮点忙才是好孩子！”于是大姊姊脸红着，知道做大姊姊真是做大姊姊，你一点不能含糊，你自己的自尊心和骄傲就不容你。

于是一样是一幕，第一幕的肩膀上却多背上许多严重的责任，累得一身汗却不能令人知道你在忙些什么，回头好让弟弟妹妹干干净净，脸圆圆的，眼珠发着亮，还许带着顽皮相，一个接着一个出来，使人看了欢喜。

作者捧着一堆宝贵的材料，和第一幕商量：你看这一堆人物事实，我要告诉这全世界这些这些话，我要他们每个都听到，我还要他们都感到这些这些问题，这些这些人生的症结，花样，我要他们同我一样感触，疑虑，悲苦，快畅……你替我想想我该从那里开始。

你看，作者手指着幻想中的千万观众给第一幕看，这许多人老远的跑到这里来，老老实实的化了钱买了票，挤在人群中坐着等你，等你把我这一堆宝贵的材料好好的展览出来。你得知道我们时间真不多，你得经济，敏捷，一样一样的不露痕迹的介绍起来——地点，时间，人物的背景，互相的关系，人物每个的本身！

说起人物，作者更郑重的对着第一幕非常认真的脸望，说起人物，这可又要麻烦你特别的加小心，这里要紧的是明晰，不是铺张，出场的每一个人观众都不认识，说话里所提到的每一个亲戚，朋友，闲人，也都不能糊里糊涂，令人摸不着头脑。并且中坚人物之外，所有合作的配角，人数形状职务也要你第一幕自己选择。记着处处要经济，这些人物在剧文中既不是均等的重要，你第一幕就得帮忙观众节省精力，不要滥废了不必需的注意力，集中他们的精神抓住剧情的枢纽，或是人物的性格，或是其动作，计划的或偶然的，或是一件主要物事。

说到这里问题又严重了，第一幕的工作自然是介绍，在短时间中，你得介绍出来许多关系人物，但是事实人物之中又都有轻重之处，你陈列出来一堆事一堆人，观众对他们既都是陌生的，你又如何使他们不茫然不知何去何从呢？

如果你慌慌张张，把所有主要角色事物都捧出来，挤在混乱中间，等观众慢慢去猜想，或会悟那几个是重要的，自动的由混乱中集中注意，别说时间不经济，多数的观众根本就嫌太吃力，懒得用心到那样程度。观众本来不是到剧场去绞尽脑浆猜想作者用意所在的！

因此介绍是绝对不能不有秩序，并且在介绍最主要的人物之前，一定需要相当的准备，一等介绍出来则观众不能不给他特种的注意。这准备是可以事半功倍的，所以值得研究。

那么能引起观众特别注意的到底是什么？对于这点，观众从来不曾骗过作者，他们说：老实告诉你，你要引不起我们的兴趣，你就别想我们给你注意，更别说什么同情。（一个人尽可以在台上自杀，捶胸痛哭，观众可以很不高兴想怎样去□车回家睡觉。）这句话很干脆，作者如果不太糊涂，他自然就得先逗起观众的兴趣——一种好奇心——就拿这逗起来的兴趣，作向导来引人入胜。所以一个剧的开始时，所引起的兴趣是大大的有责任的。它是前面打着的灯笼，一路上照着整个剧本的线索。佛来弟急着刚要去给他母亲雇车时和卖花女撞个满怀（萧伯纳的《卖花女》第一幕。——作者原注）；花篮掉在地上他也没有理的走了，剩下卖花女不断的埋怨，用她那可笑的乡伧语言。这里好处不止是引起观众的兴趣，要紧的是不着痕迹的介绍卖花女，和她的怪腔调的语言。等一会旁人再告诉卖花女，后面有个人在那里说她的每一句话，观众的注意便一直引到了剧情的最主要的关键上去。

如果第一幕只为着热闹，讨好于观众，无端的要逗起他们乐一回，那只是错引了他们的注意到岔道上去，等到观众忽然感觉到走岔了道儿，那时的恼羞成怒，一股怨气作兴全要派到作者的头上去的。

易卜生写他的《社会柱石》时，写信给人说，第一幕常是最难的一幕，这话不是无因的，经验教训了他，使他匆匆重写他的第一幕。他的《罗斯马庄》的初稿（“白马”）与后来发表的颇不相同。最大的分别也就在那迷信白马来临一节的提前，引起一个可怕的空气，加上牧师绕道不敢走那条板桥，因为“那桩事谁也不容易忘记”等等，令人不能不对那迷信好奇。

总而言之，第一幕最大的任务是介绍。不论其为背景人物，介绍的工作除明晰外，还要引导观众集中注意，不靡费精力。要观众集中注意的唯一方法则是引逗他们发生兴趣，在剧情的最有关键的地方。

那么一开头就得引逗兴趣，无疑的是个非同小可的工作。它所取的方式需要灵活或明显，要自然，不露痕迹，要来得早，来得干脆，别等到别人家咳嗽，摇着剧单，互相耳语表示不耐烦。并且这工作须彻底的懂得他本身的使命，不在无端的讨好观众，却是为其剧情关键作重要的准备——是集中的工作，不是枝节的点缀。

萧伯纳的《康第达》第一幕中一介绍完了声望极著的谟勒牧师之后，由牧师及其男女书记口中便引起观众对牧师爱妻康第达的非常浓挚的兴趣。等到康第达出场之后，观众的兴趣又立刻被引到青年佑瑾身上。佑瑾出场以后，观众立刻便又对着他们中间互相的关系发生兴趣，这互相的关系本来就是这剧情中的关键所在。

奥尼尔的《奇异的插曲》（Strange Interlude）第一幕所介绍的，最重要的便是妮娜的心理变态，观众的兴趣便被作者由一开头一间书房起，一步一步由查利的回想，而老父的苦痛，而妮娜自己的行动走上去，达到妮娜决定离家的一个大的“悬点”（Suspense）上，注意完全集中在妮娜的将来。

表现派中剧文简单到的“机器算盘”，它的第一幕也能极无痕迹的，把观众的兴趣引到那在场两个角色的生活上。在场上一共只有夫妇两人，丈夫躺在床上，老婆站着梳头，预备睡觉，嘴中单独的说出他们单调生活中所引起的，极委琐丑陋的简单思想，这里唯其是单调委琐到令人悲惨，所以才会令人对这躺在床上的人的生活发生同情，希奇他日间过得是怎样个日子！所以等到看到第二幕里，那单调的办公室中记账员生活，观众所有的怜悯心，便早已有了彻底的根据。

一本好剧的第一幕，都是有两个可贵的肩膀，上面能挺着许多艰难的工作的。每一个剧本如果要成功，是绝不能缺乏这么一个任劳任怨的大女儿的。作者在未动笔以前自是难为情的说："你是大姊姊呢，……"但是同时也毫不客气的，把许多责任加在这要撑面子的大女儿身上！

究竟怎么一回事

写诗究竟是怎么一回事?

写诗，或可说是要抓紧一种一时闪动的力量，一面跟着潜意识浮沉，摸索自己内心所萦回，所着重的情感——喜悦，哀思，忧怨，恋情，或深，或浅，或缠绵，或热烈；又一方面顺着直觉，认识，辨味，在眼前或记忆里官感所触遇的意象——颜色，形体，声音，动静，或细致，或亲切，或雄伟，或诡异；再一方面又追着理智探讨，剖析，理会这些不同的性质，不同分量，流转不定的情感意象所互相融会，交错策动而发生的感念；然后以语言文字（运用其声音意义）经营，描画，表达这内心意象，情绪，理解在同时间或不同时间里，适应或矛盾的所共起的波澜。

写诗，或又可说是自己情感的，主观的，所体验了解到的；和理智的，客观的所检察辨别到的，同时达到一个程度，腾沸横溢，不分宾主的互相起了一种作用，由于本能的冲动，凭着一种天赋的兴趣和灵巧，驾驭一串有声音，有图画，有情感的言语，来表现这内心与外物息息相关的联系，及其所发生的悟理或境界。

写诗，或又可以说是若不知其所以然的，灵巧的诚挚的，在传译给理想的同情者，自己内心所流动的情感穿过繁复的意象时，被理智所窥探而由直觉与意识分着记取的符录！一方面似是惨淡经营，——至少是专诚致意，一方面似是借力于平时不经意的准备，“下笔有神”的妙手偶然拈来；忠于情感，又忠于意象，更忠于那一串刹那间内心整体闪动的感悟。

写诗，或又可说是经过若干潜意识的酝酿，突如其来的，在生活中意识到那么凑巧的一顷刻小小时间；凑巧的，灵异的，不能自已的，流动着一片浓挚或深沉的情感，敛聚着重重繁复演变的情绪，更或凝定入一种单纯超卓的意境，而又本能地迫着你要刻画一种适合的表情。这表情积极的，像要流泪叹息或歌唱欢呼，舞蹈演述；消极的，又像要幽独静处，沉思自语。换句话说，这两者合一，便是一面要天真奔放，热情地自白去邀同情和了解，同时又要寂寞沉默、孤僻的自守来保持悠然自得的完美和严肃！

在这一个凑巧的一顷刻小小时间中（着重于那凑巧的），你的所有直觉，理智，官感，情感，记性和幻想，独立的及交互的都迸出它们不平常的锐敏，紧张，雄厚，壮阔及深沉。在它们潜意识的流动，——独立的或交互的融会之间——如出偶然而又不可避免的涌上一闪感悟和情趣——或即所谓灵感——或是亲切的对自我得失悲欢；或辽阔的对宇宙自然；或智慧的对历史人性。这一闪感悟或是混沌朦胧，或是透彻明晰。像光同时能照耀洞察，又能抚摩包含你的所有已经尝味，还在尝味，及幻想尝味的“生”的种种形色质量，且又活跃着其间综错重叠于人于我的意义。

这感悟情趣的闪动——灵感的脚步——来得轻时，好比潺潺清水婉转流畅，自然的洗涤，浸润一切事物情感，倒影映月，梦残歌罢，美感的旋起一种超实际的权衡轻重，可抒成慷慨缠绵千行的长歌，可留下如幽咽微叹般的三两句诗词。愉悦的心声，轻灵的心画，常如啼鸟落花，轻风满月，夹杂着情绪的缤纷；泪痕巧笑，奔放轻盈，若有意若无意的遗留在各种言语文字上。

但这感悟情趣的闪动，若激越澎湃来得强时，可以如一片惊涛飞沙，由大处见到纤微，由细弱的物体看它变动，宇宙人生，幻若苦谜。一切又如经过烈火燃烧锤炼，分散，减化成为净纯的茫焰气质，升处所有情感意象于空幻，神秘，变移无定，或不减不变绝对，永恒的玄哲境域里去，卓越隐奥，与人性情理遥远的好像隔成距离。身受者或激昂通达，或禅寂淡远，将不免挣扎于超情感，超意象，乃至于超言语，以心传心的创造。隐晦迷离，如禅偈玄诗，便不可制止的托生在与那幻理境界几不适宜的文字上，占定其生存权。

写诗……

总而言之，天知道究竟写诗是怎么一回事。在写诗的时候，或者是“我知道，天知道”；到写了之后，最好学Browning不避嫌疑的自讪的，只承认“天知道”，天下关于写诗的笔墨官司便都省了。

我们仅听到写诗人自己说一阵奇异的风吹过，或是一片澄清的月色，一个惊讶，一次心灵的振荡，便开始他写诗的尝试，迷于意境文字音乐的搏斗，但是究竟这奇异的风和月，心灵的振荡或惊讶是甚么？是不是仍为那可以追踪到内心直觉的活动，到潜意识后面那综错交流的情感与意象，那意识上理智的感念思想，以及要求表现的本能冲动？灵异的风和月所指的当是外界的一种偶然现象，同时却也是指它们是内心活动的一种引火线。诗人说话没有不打比喻的。

我们根本早得承认诗是不能脱离象征比喻而存在的。在诗里情感必依附在意象上，求较具体的表现；意象则必须较明晰地或沉着地，恰适地烘托情感，表征含义。如果这还需要解释，常识的，我们可以问："在一个意识的或直觉的，官感，情感，理智，同时并重的一个时候，要一两句简约的话来代表一堆重叠交错的外象和内心情绪思想所发生的微妙的联系，而同时又不失却原来情感的质素分量，是不是容易或可能的事？"一个比喻或一种象征在字面或事物上可以极简单，而同时可以带着字面事物以外的声音颜色形状，引起它们与其他事物关系的联想。这个办法可以多方面地来辅助每句话确实的含义，而又加增官感情感理智每方面的刺激和满足，道理甚为明显。

无论什么诗都从不曾脱离过比喻象征，或比喻象征式的言语。诗中意象多不是寻常纯客观的意象。诗中的云霞星宿，山川草木，常有人性的感情，同时内心人性的感触反又变成外界的体象，虽简明浅现隐奥繁复各有不同的。但是诗虽不能缺乏比喻象征，象征比喻却并不是诗。

诗的泉源，上面已说过，是意识与潜意识的融会交流综错的情感意象和概念所促成；无疑的，诗的表现必是一种形象情感思想合一的语言。但是这种语言，不能仅是语言，它又须是一种类似动作的表情，这种表情又不能只是表情，而须是一种理解概念的传达。它同时须不断的传译情感，描写现象诠释感悟。它不是形体而须创造形体颜色；它是音声，却最多仅要留着长短节奏。最要紧的是按着疾徐高下，和有限的铿锵音调，依附着一串单独或相联的字义上边；它须给直觉意识，情感理智，以整体的快惬。

因为相信诗是这样繁难的一列多方面条件的满足，我们不能不怀疑到纯净意识的，理智的，或可以说是“技术的”创造——或所谓“工”之绝无能为。诗之所以发生，就不叫它做灵感的来临，主要的亦当在那一闪力量突如其来，或灵异的一刹那的“凑巧”，将所有繁复的“诗的因素”都齐集会萃于一俄顷偶然的时间里。所以诗的创造或完成，主要亦当在那灵异的，凑巧的，偶然的活动一部分属意识，一部分属直觉，更多一部分属于潜意识的，所谓“不以文而妙”的“妙”。理智情感，明晰隐晦都不失之过偏。意象瑰丽迷离，转又朴实平淡，像是纷纷纭纭不知所从来，但飘忽中若有必然的线索可寻；理解玄奥繁难，也像是纷纷纭纭莫明所以。但错杂里又是斑驳分明，情感穿插联系其中，若有若无，给草木气候，给热情颜色。一首好诗在一个会心的读者前边有时真会是一个奇迹！但是伤感流丽，铺张的意象，涂饰的情感，用人工连缀起来，疏忽的看去，也未尝不像是诗。故作玄奥渊博，颠倒义象，堆砌起重重理喻的诗，也可以吓然惊人一下。

写诗究竟是怎么一回事，真是惟有天知道得最清楚！读者与作者，读者与读者，作者与作者关于诗的意见，历史告诉我传统的是要永远的差别分歧，争争吵吵到无尽时。因为老实的说，谁也仍然不知道写诗是怎么一回事的，除却如这篇文字所表示的，勉强以抽象的许多名词，具体的一些比喻来捉摸描写那一种特殊的直觉活动，献出一个极不能令人满意的答案。

和平礼物

在北京举行的亚洲及太平洋区域和平会议的繁重而又细致的筹备工作中，活跃着一个小小部分，那就是在准备着中国人民献给和平代表们的礼物，作为代表们回国以后的纪念品。

经过艺术工作者们热烈的讨论、设计和选择，决定了四大种类礼物：

第一类是专为这次会议而设计的特别的纪念物两种：一是华丽而轻柔的丝质彩印头巾；一是充满节日气氛的刺绣和“平金”的女子坎肩。这两种礼物都有象征和平的图案；都是以飞翔的和平白鸽为主题；图案富于东方格调，色彩鲜明，极为别致。

第二类是道地的中国手工艺品，是出产在北京的几种特种手工艺品，如景泰蓝、镶嵌漆器、“花丝”银饰物、细工绝技的象牙刻字和挑花手绢等。

还有两类：一是各种精印画册；一是文学创作中的名著。画册包括年画集、民间剪纸窗花、敦煌古代壁画的复制画册和老画家与新画家的创作选集等。文学名著包括获得斯大林奖金的三部荣誉作品。

这些礼物中每一件都渗透和充满着中国人民对和平的真挚的愿望。由巨大丰富的画册，到小巧玲珑的银丝的和平鸽子胸针，到必须用放大镜照着看的象牙米粒雕刻的毕加索的和平鸽子，和鸽子四周的四国文字的“和平”字样，无一不是一种和平的呼声。这呼声似乎在说：“和平代表们珍重，珍重，纪念着你们这次团结争取和平的光荣会议，继续奋斗罢。不要忘记正在和平建设、拯救亚洲和世界和平的中国人民。看，我们辛勤劳动的一双双的手是永远愿为和平美好的生活服务的。不论我们是用笔墨写出的，颜色画出的，刀子刻出的，针线绣出的，或是用各种工艺材料制造的，它们都说明一个愿望：我们需要和平。代表们，把我们五亿人民保卫和平的意志传达给亚洲及太平洋各岸的你们祖国里的人民罢。”

我们选定了北京的手工艺品作为礼品的一部，也是有原因的。中国工艺的卓越的“工夫”，在世界上古今著名，但这还不是我们选择它的主要原因。我们选择它是因为解放以后，我们新图案设计的兴起，代表了我们新社会在艺术方面一股新生的力量。它在工艺方面正是剔除封建糟粕、恢复民族传统的一支文化生力军。这些似乎平凡的工艺品，每件都确是既代表我们的艺术传统，又代表我们蓬勃气象的创作。我们有很好的理由拿它们来送给为和平而奋斗的代表们。

这些礼品中的景泰蓝图案，有出自汉代刻玉纹样，有出自敦煌北魏藻井和隋唐边饰图案，也有出自宋锦草纹，明清彩磁的。但这些都是经过融会贯通，要求达到体型和图案的统一性的。在体型方面，我们着重轮廓线的柔和优美和实用方面相结合，如台灯，如小圆盒都是经过用心处理的。在色彩方面，我们要对比活泼而设色调和，要取得华贵而安静的总效果，向敦煌传统看齐的。这些都是一反过去封建没落时期的繁琐、堆砌、不健康的工艺作风的。所以这些也说明了我们是努力发扬祖国艺术的幸福人民。我们渴望的就是和平的世界。

在景泰蓝制作期间，工人同志们的生产态度更说明了这问题。当他们知道了他们所承担的工作跟和平有关时，他们的情绪是那么高涨，他们以高度的热诚来对待他们手中那一系列繁重的掐丝、点蓝和打磨的工作。过去“慢工出细活”的思想，完全被“找窍门”的热情所代替。他们不断地缩短制作过程，又自动地加班和缩短午后的休息时间，提早完成了任务。在瑞华等五个独立作坊中，由于工人们工作的积极和认真，使珐琅质地特别匀净，图案的线纹和颜色都非常准确。工人们说：我们的生活一天比一天美满，我们要保证我们的和平幸福生活，承制和平礼品是我们最光荣的任务。当和平宾馆的工人们在一层楼一层楼地建筑上去的时候，这边景泰蓝的工人们也正在一个盒子、一个烟碟上点着珐琅或脚蹬转轮，目不转睛地打磨着台灯座，心里也只有一个念头：“是的，我们要过和平的日子。这些美丽的纪念品，无论它们是银丝胸针，还是螺钿漆盒；上面是安静的莲花，还是飞舞的鸽子；它们都是在这种酷爱和平的情绪下完成的。它们是‘不简单’的；这些中国劳动人民所积累的智慧的结晶，今天为全世界人民光明的目的——和平而服务了。”

礼品中还应该特别详细介绍的是丝质彩印头巾的图案和刺绣坎肩的制作过程。

头巾的图案本身，就有重要的历史意义。这个彩色图案是由敦煌千佛洞内，北魏时代天花上取来应用的。我们对它的内容只加以简单的变革，将内心主题改为和平鸽子后，它就完全适合于我们这次的特殊用途了。有意义的是：它上面的花纹就是一千多年前，亚洲几个民族在文化艺术上和平交流的记录；西周北魏的“忍冬叶”草纹就是古代西域伊兰语系民族送给我们的——来自中亚细亚的影响。中间的大莲花是我们邻邦印度民族在艺术图案上宝贵的赠礼。莲瓣花纹今天在我国的雕刻图案中已极普遍地应用着，我们的亚洲国家的代表们一定都会认出它们的来历的。这些花样里还有来自更遥远的希腊的，它们是通过波斯（伊朗）和印度的健驮罗而来到我国的。

这个图案在颜色上比如土黄、石绿、赫红和浅灰蓝等美妙的配合，也是受过许多外来影响之后，才在中国生根的。以这个图案作为保卫亚洲和世界和平的纪念物是再巧妙、再适当没有的。三位女青年工作同志赶完了这个细致的图样之后，兴奋得说不出话来。她们曾愉快地做过许多临摹工作，但这次向着这样光荣的目的赶任务，使她们感到像做了和平战士一样的骄傲。

在刺绣坎肩制作过程中，由镶边到配色都是工人和艺术工作者集体创造的记录。永合成衣铺内，两位女工同志和四位男工同志，都是热情高涨地用尽一切力量，为和平礼品工作。他们用套裁方法，节省下材料，增产了八件成品。在二十天的工作中，他们每天都是由早晨七点工作至夜深十二点。只有一次因为等衣料，工作中断过两小时。参加这次工作的刺绣业工作者共有十七家独立生产户，原来每日十小时的工作都增至十四至十六小时，共完成了二百十六只鸽子。绣工和金线平金都做得非常整齐。这一百零八件坎肩因不同绣边，不同颜色的处理，每一件都不同而又都够得上称为一件优秀的艺术品。三年来我们欢庆节日正要求有像这一类美丽服装的点缀，青年男女披上金绣彩边的坎肩会特别显出东方民族的色彩。但更有意思的是世界上许多国家的男女都用绣花坎肩，如西班牙、匈牙利与罗马尼亚等；此外在我国的西南与西北，男子们也常穿革制背心，上面也有图案。

和平战士们，请接受这份小小的和平礼品罢，这是中国劳动人民送给你们的一点小小的纪念品。

闲谈关于古代建筑的一点消息

（附梁思成君通讯四则）

在这整个民族和他的文化，均在挣扎着他们垂危的运命的时候，凭你有多少关于古代艺术的消息，你只感到说不出口的难受！艺术是未曾脱离过一个活泼的民族而存在的；一个民族衰败湮没，他们的艺术也就跟着消沉僵死。知道一个民族在过去的时代里，曾有过丰富的成绩，并不保证他们现在仍然在活跃繁荣的。

但是反过来说，如果我们到了连祖宗传留下的家产都没有能力清理，或保护；乃至于让家里的至宝毁坏散失，或竟拿到旧货摊上变卖；这现象却又恰恰证明我们这做子孙的没有出息，智力德行已经都到了不能再堕落的田地。睁着眼睛向旧有的文艺喝一声："去你的，咱们维新了，革命了，用不着再留丝毫旧有的任何智识或技艺了。"这话不但不通，简直是近乎无赖！

话是不能说到太远，题目里已明显的提过有关于古建筑的消息在这里，不幸我们的国家多故，天天都是迫切的危难临头，骤听到艺术方面的消息似乎觉到有点不识时宜，但是，相信我——上边已说了许多——这也是我们当然会关心的一点事，如果我们这民族还没有堕落到不认得祖传宝贝的田地。

这消息简单的说来，就是新近有几个死心眼的建筑师，放弃了他们盖洋房的好机会，卷了铺盖到各处测绘几百年前他们同行中的先进，用他们当时的一切聪明技艺，所盖惊人的伟大建筑物，在我投稿时候正在山西应县辽代的八角五层木塔前边。

山西应县的辽代木塔，说来容易，听来似乎也平淡无奇，值不得心多跳一下，眼睛睁大一分。但是西历一〇五六到现在，算起来是整整的八百七十七年。古代完全木构的建筑物高到二百八十五尺，在中国也就剩这一座独一无二的应县佛宫寺塔了。比这塔更早的木构已经专家看到，加以认识和研究的，在国内的只不过五处而已。

中国建筑的演变史在今日还是个灯谜，将来如果有一天，我们有相当的把握写部建筑史时，那部建筑史也就可以像一部最有趣味的侦探小说，其中主要的人物给侦探以相当方便和线索的，左不是那几座现存的最古遗物。现在唐代木构在国内还没找到一个，而宋代所刊营造法式又还有困难不能完全解释的地方，这距唐不久，离宋全盛时代还早的辽代，居然遗留给我们一些顶呱呱的木塔，高阁，佛殿，经藏，帮我们抓住前后许多重要的关键，这在几个研究建筑的死心眼人看来，已是了不起的事了。

我最初对于这应县木塔似乎并没有太多的热心，原因是思成自从知道了有这塔起，对于这塔的关心，几乎超过他自己的日常生活。早晨洗脸的时候，他会说“上应县去不应该是太难罢”。吃饭的时候，他会说“山西都修有顶好的汽车路了”。走路的时候，他会忽然间笑着说“如果我能够去测绘那应州塔，我想，我一定……”。他话常常没有说完，也许因为太严重的事怕语言亵渎了，最难受的一点是他根本还没有看见过这塔的样子，连一张模糊的相片，或翻印都没有见到！

有一天早上，在我们少数信件之中，我发现有一个纸包，寄件人的住址却是山西应县××斋照相馆！——这才是侦探小说有趣的一页，——原来他想了这么一个方法写封信“探投山西应县最高等照相馆”，弄到一张应州木塔的相片。我只得笑着说阿弥陀佛，他所倾心的幸而不是电影明星！这照相馆的索价也很新鲜，他们要一点北平的信纸和信笺作酬金，据说因为应县没有南纸店。

时间过去了三年让我们来夸他一句“有志者事竟成”罢，这位思成先生居然在应县木塔前边——何止，竟是上边，下边，里边，外边——绕着测绘他素仰的木塔了。

通讯一

……大同工作已完，除了华严寺外都颇详尽，今天是到大同以来最疲倦的一天，然而也就是最近于首途应县的一天了，十分高兴。明晨七时由此搭公共汽车赴岱，由彼换轿车“起早”，到即电告。你走后我们大感工作不灵，大家都用愉快的意思回忆和你各处同作的畅顺，悔惜你走得太早。我也因为想到我们和应塔特殊的关系，悔不把你硬留下同去瞻仰。家里放下许久实在不放心，事情是绝对没有办法，可恨。应县工作约四五日可完，然后再赴×县……

通讯二

昨晨七时由同乘汽车出发，车还新，路也平坦，有时竟走到每小时五十哩的速度，十时许到岱岳。岱岳是山阴县一个重镇，可是雇车费了两个钟头才找到，到应县时已八点。

离县二十里已见塔，由夕阳返照中见其闪烁，一直看到它成了剪影，那算是我对于这塔的拜见礼。在路上因车摆动太甚，稍稍觉晕，到后即愈。县长养有好马，回程当借匹骑走，可免受晕车苦罪。

今天正式的去拜见佛宫寺塔，绝对的Overwhelming，好到令人叫绝，喘不出一口气来半天！

塔共有五层，但是下层有副阶（注：重檐建筑之次要一层，宋式谓之副阶）上四层，每层有平坐，实算共十层。因梁架斗拱之不同，每层须量俯视，仰视，平面各一；共二十个平面图要画！塔平面是八角，每层须做一个正中线和一个斜中线的断面。斗拱不同者三四十种，工作是意外的繁多，意外的有趣，未来前的“五天”工作预算恐怕不够太多。

塔身之大，实在惊人，每面三开间，八面完全同样。我的第一个感触，便是可惜你不在此，同我享此眼福，不然我真不知你要几体投地的倾倒！回想在大同善化寺暮色里同向着塑像瞪目咋舌的情形，使我愉快得不愿忘记那一刹那人生稀有的由审美本能所触发的锐感。尤其是同几个兴趣同样的人在同一个时候浸在那锐感里边。士能忘情时那句“如果元明以后有此精品我的刘字倒挂起来了”，我时常还听得见。

这塔比起大同诸殿更加雄伟，单是那高度已可观，士能很高兴他竟听我们的劝说没有放弃这一处，同来看看，虽然他要不待测量先走了。

应县是一个小小的城，是一个产盐区，在地下掘下不深就有咸水，可以煮盐，所以是个没有树的地方，在塔上看全城，只数到十四棵不很高的树！

工作繁重，归期怕要延长很多，但一切吃住都还舒适，住处离塔亦不远，请你放心。……

通讯三

士能已回，我同莫君留此详细工作，离家已将一月却似更久。想北平正是秋高气爽的时候。非常想家！

像片已照完，十层平面全量了，并且非常精细，将来誊画正图时可以省事许多。明天起，量斗拱和断面，又该飞檐走壁了。我的腿已有过厄运，所以可以不怕。现在做熟了，希望一天可做两层，最后用仪器测各檐高度和塔刹，三四天或可竣工。

这塔真是个独一无二的伟大作品，不见此塔，不知木构的可能性，到了什么程度。我佩服极了，佩服建造这塔的时代，和那时代里不知名的大建筑师，不知名的匠人。

这塔的现状尚不坏，虽略有朽裂处。八百七十余年的风雨它不动声色的承受。并且它还领教过现代文明：民十六七年间冯玉祥攻山西时，这塔曾吃了不少的炮弹，痕迹依然存在，这实在叫我脸红。第二层有一根泥道拱竟为打去一节，

第四层内部阑额内尚嵌着一弹，未经取出，而最下层西面两檐柱都有碗口大小的孔，正穿通柱身，可谓无独有偶。此外枪孔无数，幸而尚未打倒，也算是这塔的福气。现在应县人士有捐钱重修之议，将来回平后将不免为他们奔走一番，不用说动工时还须再来应县一次。

×县至今无音信，虽然前天已发电去询问，若两三天内回信来，与大同诸寺略同则不去，若有唐代特征如人字拱（!）鸱尾等等，则一步一磕头也要去的！……

通讯四

……这两天工作颇顺利，塔第五层（即顶层）的横断面已做了一半，明天可以做完。断面做完之后，将有顶上之行，实测塔顶相轮之高；然后楼梯，栏杆，格扇的详样；然后用仪器测全高及方向；然后抄碑；然后检查损坏处，以备将来修理。我对这座伟大建筑物目前的任务，便暂时告一段落了。

今天工作将完时，忽然来了一阵“不测的风云”。在天晴日美的下午五时前后狂风暴雨，雷电交作。我们正在最上层梁架上，不由得不感到自身的危险，不单是在二百八十多尺高将近千年的木架上，而且紧在塔顶铁质相轮之下，电母风伯不见得会讲特别交情。我们急着爬下，则见实测纪录册子已被吹开，有一页已飞到栏杆上了。若再迟半秒钟，则十天的功作有全部损失的危险，我们追回那一页后，急步下楼——约五分钟——到了楼下，却已有一线娇阳，由蓝天云隙里射出，风雨雷电已全签了停战协定了。我抬头看塔仍然存在，庆祝它又避过了一次雷打的危险，在急流成渠的街道（？）上，回到住处去。

我在此每天除爬塔外，还到××斋看了托我买信笺的那位先生。他因生意萧条，现在只修理钟表而不照相了。……

这一段小小的新闻，抄用原来的通讯，似乎比较可以增加读者的兴趣，又可以保存朝拜这古塔的人的工作时印象和经过，又可以省却写这段消息的人说出旁枝的话。虽然在通讯里没讨论到结构上的专门方面，但是在那一部侦探小说里也自成一章，至少那××斋照相馆的事例颇有始有终，思成和这塔的姻缘也可算圆满。

关于这塔，我只有一桩事要加附注。在佛宫寺的全部平面布置上，这塔恰恰在全寺的中心，前有山门，钟楼，鼓楼东西两配殿，后面有桥通平台，台上还有东西两配殿和大配。这是个极有趣的布置，至少我们疑心古代的伽蓝有许多是如此把高塔放在当中的。

我们的首都

中山堂

我们的首都是这样多方面的伟大和可爱，每次我们都可以从不同的事物来介绍和说明它，来了解和认识它。我们的首都是一个最富于文物建筑的名城；从文物建筑来介绍它，可以更深刻地感到它的伟大与罕贵。下面这个镜头就是我要在这里首先介绍的一个对象。

它是中山公园内的中山堂。你可能已在这里开过会，或因游览中山公园而认识了它；你也可能是没有来过首都而希望来的人，愿意对北京有个初步的了解。让我来介绍一下罢，这是一个愉快的任务。

这个殿堂的确不是一个寻常的建筑物；就是在这个满是文物建筑的北京城里，它也是极其罕贵的一个。因为它是这个古老的城中最老的一座木构大殿，它的年龄已有五百三十岁了。它是十五世纪二十年代的建筑，是明朝永乐由南京重回北京建都时所造的许多建筑物之一，也是明初工艺最旺盛的时代里，我们可尊敬的无名工匠们所创造的、保存到今天的一个实物。

这个殿堂过去不是帝王的宫殿，也不是佛寺的经堂；它是执行中国最原始宗教中祭祀仪节而设的坛庙中的“享殿”。中山公园过去是“社稷坛”，就是祭土地和五谷之神的地方。

凡是坛庙都用柏树林围绕，所以环境优美，成为现代公园的极好基础。社稷坛全部包括中央一广场，场内一方坛，场四面有短墙和棂星门；短墙之外，三面为神道，北面为享殿和寝殿；它们的外围又有红围墙和美丽的券洞门。正南有井亭，外围古柏参天。

中山堂的外表是个典型的大殿。白石镶嵌的台基和三道石阶，朱漆合抱的并列立柱，精致的门窗，青绿彩画的阑额，由于综错木材所组成的“斗拱”和檐椽等所造成的建筑装饰，加上黄琉璃瓦巍然耸起，微曲的坡顶，都可说是典型的、但也正是完整而美好的结构。它比例的稳重，尺度的恰当，也恰如它的作用和它的环境所需要的。它的内部不用天花顶棚，而将梁架斗拱结构全部外露，即所谓“露明造”的格式。我们仰头望去，就可以看见每一块结构的构材处理得有如装饰画那样美丽，同时又组成了巧妙的图案。当然，传统的青绿彩绘也更使它灿烂而华贵。但是明初遗物的特征是木材的优良（每柱必是整料，且以楠木为主），和匠工砍削榫卯的准确，这些都不是在外表上显著之点，而是属于它内在的品质的。

中国劳动人民所创造的这样一座优美的、雄伟的建筑物，过去只供封建帝王愚民之用，现在回到了人民的手里，它的效能，充分地被人民使用了。一九四九年八月，北京市第一届人民代表会议，就是在这里召开的。两年多来，这里开过各种会议百余次。这大殿是多么恰当地用作各种工作会议和报告的大礼堂！而更巧的是同社稷坛遥遥相对的太庙，也已用作首都劳动人民的文化宫了。

北京市劳动人民文化宫

北京市劳动人民文化宫是首都人民所熟悉的地方。它在天安门的左侧，同天安门右侧的中山公园正相对称。它所占的面积很大，南面和天安门在一条线上，北面背临着紫禁城前的护城河，西面由故宫前的东千步廊起，东面到故宫的东墙根止，东西宽度恰是紫禁城的一半。这里是四百零八年以前（明嘉靖二十三年，一五四四年）劳动人民所辛苦建造起来的一所规模宏大的庙宇。它主要是由三座大殿、三进庭院所组成；此外，环绕着它的四周的，是一片蓊郁古劲的柏树林。

这里过去称做“太庙”，只是沉寂地供着一些死人牌位和一年举行几次皇族的祭祖大典的地方。解放以后，一九五〇年国际劳动节，这里的大门上挂上了毛主席亲笔题的匾额——“北京市劳动人民文化宫”，它便活跃起来了。在这里面所进行的各种文化娱乐活动经常受到首都劳动人民的热烈欢迎，以至于这里林荫下的庭院和大殿里经常挤满了人，假日和举行各种展览会的时候，等待人们的行列有时一直排到天安门前。

在这里，各种文化娱乐活动是在一个特别美丽的环境中进行的。这个环境的特点有二：

一，它是故宫中工料特殊精美而在四百多年中又丝毫未被伤毁的一个完整的建筑组群。

二，它的平面布局是在祖国的建筑体系中，在处理空间的方法上最卓越的例子之一。不但是它的内部布局爽朗而紧凑，在虚实起伏之间，构成一个整体，并且它还是故宫体系总布局的一个组成部分，同天安门、端门和午门有一定的关系。如果我们从高处下瞰，就可以看出文化宫是以一个广庭为核心，四面建筑物环抱，北面是建筑的重点。它不单是一座单独的殿堂，而是前后三殿：中殿与后殿都各有它的两厢配殿和前院；前殿特别雄大，有两重屋檐，三层石基，左右两厢是很长的廊庑，像两臂伸出抱拢着前面广庭。南面的建筑很简单，就是入口的大门。在这全组建筑物之外，环绕着两重有琉璃瓦饰的红墙，两圈红墙之间，是一周苍翠的老柏树林。南面的树林是特别大的一片，造成浓荫，和北头建筑物的重点恰相呼应。它们所留出的主要空间就是那个可容万人以上的广庭，配合着两面的廊子。这样的一种空间处理，是非常适合于户外的集体活动的。这也是我们祖国建筑的优良传统之一。这种布局与中山公园中社稷坛部分完全不同，但在比重上又恰是对称的。如果说社稷坛是一个四条神道由中心向外展开的坛（仅在北面有两座不高的殿堂），文化宫则是一个由四面殿堂廊屋围拢来的庙。这两组建筑物以端门前庭为锁钥，和午门、天安门是有机地联系着的。在文化宫里，如果我们由下往上看，不但可以看到北面重檐的正殿巍然而起，并且可以看到午门上的五凤楼一角正成了它的西北面背景，早晚云霞，金瓦翚飞，气魄的雄伟，给人极深刻的印象。

故宫三大殿

北京城里的故宫中间，巍然崛起的三座大宫殿是整个故宫的重点，“紫禁城”内建筑的核心。以整个故宫来说，那样庄严宏伟的气魄；那样富于组织性，又富于图画美的体形风格；那样处理空间的艺术；那样的工程技术，外表轮廓，和平面布局之间的统一的整体，无可否认的，它是全世界建筑艺术的绝品，它是一组伟大的建筑杰作，它也是人类劳动创造史中放出异彩的奇迹之一。我们有充足的理由，为我们这“世界第一”而骄傲。

三大殿的前面有两段作为序幕的布局，是值得注意的。第一段，由天安门，经端门到午门，两旁长列的“千步廊”是个严肃的开端。第二段在午门与太和门之间的小广场，更是一个美丽的前奏。这里一道弧形的金水河，和河上五道白石桥，在黄瓦红墙的气氛中，北望太和门的雄劲，这个环境适当地给三殿做了心理准备。

太和、中和、保和三座殿是前后排列着同立在一个庞大而崇高的工字形白石殿基上面的。这种台基过去称“殿陛”，共高二丈，分三层，每层有刻石栏杆围绕，台上列铜鼎等。台前石阶三列，左右各一列，路上都有雕镂隐起的龙凤花纹。这样大尺度的一组建筑物，是用更宏大尺度的庭院围绕起来的。广庭气魄之大是无法形容的。庭院四周有廊屋，太和与保和两殿的左右还有对称的楼阁，和翼门，四角有小角楼。这样的布局是我国特有的传统，常见于美丽的唐宋壁画中。

三殿中，太和殿最大，也是全国最大的一个木构大殿。横阔十一间，进深五间，外有廊柱一列，全个殿内外立着八十四根大柱。殿顶是重檐的“庑殿式”瓦顶，全部用黄色的琉璃瓦，光泽灿烂，同蓝色天空相辉映。底下彩画的横额和斗拱，朱漆柱，金琐窗，同白石阶基也作了强烈的对比。这个殿建于康熙三十六年（一六九七年），已有二百五十五岁，而结构整严完好如初。内部掺金盘龙柱和上部梁枋藻井上的彩画虽稍剥落，但仍然华美动人。

中和殿在工字基台的中心，平面为正方形，宋元工字殿当中的“柱廊”竟蜕变而成了今天的亭子形的方殿。屋顶是单檐“攒尖顶”，上端用渗金圆顶为结束。此殿是清初顺治三年的原物，比太和殿又早五十余年。

保和殿立在工字形殿基的北端，东西阔九间，每间尺度又都小于太和殿，上面是“歇山式”殿顶，它是明万历的“建极殿”原物，未经破坏或重建的。至今上面童柱上还留有“建极殿”标识。它是三殿中年寿最老的，已有三百三十七年的历史。

三大殿中的两殿，一前一后，中间夹着略为低小的单位所造成的格局，是它美妙的特点。要用文字形容三殿是不可能的，而同时因环境之大，摄影镜头很难把握这三殿全部的雄姿。深刻的印象，必须亲自进到那动人的环境中，才能体会得到。

北海公园

在二百多万人口的城市中，尤其是在布局谨严，街道引直，建筑物主要都左右对称的北京城中，会有像北海这样一处水阔天空，风景如画的环境，据在城市的心脏地带，实在令人料想不到，使人惊喜。初次走过横亘在北海和中海之间的金鳌玉蛛桥的时候，望见隔水的景物，真像一幅画面，给人的印象尤为深刻。耸立在水心的琼华岛，山巅白塔，林间楼台，受晨光或夕阳的渲染，景象非凡特殊，湖岸石桥上的游人或水面小船，处处也都像在画中。池沼园林是近代城市的肺腑，借以调节气候，美化环境，休息精神；北海风景区对全市人民的健康所起的作用是无法衡量的。北海在艺术和历史方面的价值都是很突出的，但更可贵的还是在它今天回到了人民手里，成为人民的公园。

我们重视北海的历史，因为它也就是北京城历史重要的一段。它是今天的北京城的发源地。远在辽代（十一世纪初），琼华岛的地址就是一个著名的台，传说是“萧太后台”；到了金朝（十二世纪中），统治者在这里奢侈地为自己建造郊外离宫：凿大池，改台为岛，移北宋名石筑山，山巅建美丽的大殿。元忽必烈攻破中都，曾住在这里。元建都时，废中都旧城，选择了这离宫地址作为他的新城，大都皇宫的核心，称北海和中海为太液池。元的三个宫分立在两岸，水中前有“瀛洲圆殿”，就是今天的团城，北面有桥通“万岁山”，就是今天的琼华岛。岛立太液池中，气势雄壮，山巅广寒殿居高临下，可以远望西山，俯瞰全城，是忽必烈的主要宫殿，也是全城最突出的重点。明毁元三宫，建造今天的故宫以后，北海和中海的地位便不同了，也不那样重要了。统治者把两海改为游宴的庭园，称做“内苑”。广寒殿废而不用，明万历时坍塌。清初开辟南海，增修许多庭园建筑；北海北岸和东岸都有个别幽静的单位。北海面貌最显著的改变是在一六五一年，琼华岛广寒殿旧址上，建造了今天所见的西藏式白塔。岛正南半山殿堂也改为佛寺，由石阶直升上去，遥对团城。这个景象到今天已保持整整三百年了。

北海布局的艺术手法是继承宫苑创造幻想仙境的传统，所以它以琼华岛仙山楼阁的姿态为主：上面是台殿亭馆；中间有岩洞石室；北面游廊环抱，廊外有白石栏楯，长达三百公尺；中间漪澜堂，上起轩楼为远帆楼，和北岸的五龙亭隔水遥望，互见缥缈，是本着想象的仙山景物而安排的。湖心本植莲花，其间有画舫来去。北岸佛寺之外，还作小西天，又受有佛教画的影响。其他如桥亭堤岸，多少是模拟山水画意。北海的布局是有着丰富的艺术传统的。它的曲折有趣、多变化的景物，也就是它最得游人喜爱的因素。同时更因为它的水面宏阔，林岸较深，尺度大，气魄大，最适合于现代青年假期中的一切活动：划船、滑冰、登高远眺，北海都有最好的条件。

天　坛

天坛在北京外城正中线的东边，占地差不多四千亩，围绕着有两重红色围墙。墙内茂密参天的老柏树，远望是一片苍郁的绿荫。由这树林中高高耸出深蓝色伞形的琉璃瓦顶，它是三重檐子的圆形大殿的上部，尖端上闪耀着涂金宝顶。这是祖国一个特殊的建筑物，世界闻名的天坛祈年殿。由南方到北京来的火车，进入北京城后，车上的人都可以从车窗中见到这个景物。它是许多人对北京文物建筑最先的一个印象。

天坛是过去封建主每年祭天和祈祷丰年的地方，封建的愚民政策和迷信的产物；但它也是过去辛勤的劳动人民用血汗和智慧所创造出来的一种特殊美丽的建筑类型，今天有着无比的艺术和历史价值。

天坛的全部建筑分成简单的两组，安置在平舒开朗的环境中，外周用深深的树林围护着。南面一组主要是祭天的大坛，称做“圜丘”，和一座不大的圆殿，称“皇穹宇”。北面一组就是祈年殿和它的后殿——皇乾殿、东西配殿和前面的祈年门。这两组相距约六百公尺，有一条白石大道相联。两组之外，重要的附属建筑只有向东的“斋宫”一处。外面两周的围墙，在平面上南边一半是方的，北边一半是半圆形的。这是根据古代“天圆地方”的说法而建筑的。

圜丘是祭天的大坛，平面正圆，全部白石砌成；分三层，高约一丈六尺；最上一层直径九丈，中层十五丈，底层二十一丈。每层有石栏杆绕着，三层栏板共合成三百六十块，象征“周天三百六十度”。各层四面都有九步台阶。这座坛全部尺寸和数目都用一、三、五、七、九的“天数”或它们的倍数，是最典型的封建迷信结合的要求。但在这种苛刻条件下，智慧的劳动人民却在造形方面创造出一个艺术杰作。这座洁白如雪、重叠三层的圆坛，周围环绕着玲珑像花边般的石刻栏杆，形体是这样地美丽，它永远是个可珍贵的建筑物，点缀在祖国的地面上。

圜丘北面棂星门外是皇穹宇。这座单檐的小圆殿的作用是存放神位木牌（祭天时“请”到圜丘上面受祭，祭完送回）。最特殊的是它外面周绕的围墙，平面作成圆形，只在南面开门。墙面是精美的磨砖对缝，所以靠墙内任何一点，向墙上低声细语，他人把耳朵靠近其他任何一点，都可以清晰听到。人们都喜欢在这里做这种“声学游戏”。

祈年殿是祈谷的地方，是个圆形大殿，三重蓝色琉璃瓦檐，最上一层上安金顶。殿的建筑用内外两周的柱，每周十二根，里面更立四根“龙井柱”。圆周十二间都安格扇门，没有墙壁，庄严中呈显玲珑。这殿立在三层圆坛上，坛的样式略似圜丘而稍大。

天坛部署的规模是明嘉靖年间制定的。现存建筑中，圜丘和皇穹宇是清乾隆八年（一七四三年）所建。祈年殿在清光绪十五年雷火焚毁后，又在第二年（一八九〇年）重建。祈年门和皇乾殿是明嘉靖二十四年（一五四五年）原物。现在祈年门梁下的明代彩画是罕有的历史遗物。

颐和园

在中国历史中，城市近郊风景特别好的地方，封建主和贵族豪门等总要独霸或强占，然后再加以人工的经营来做他们的“禁苑”或私园。这些著名的御苑、离宫、名园，都是和劳动人民的血汗和智慧分不开的。他们凿了池或筑了山，建造了亭台楼阁，栽植了树木花草，布置了回廊曲径，桥梁水榭，在许许多多巧妙的经营与加工中，才把那些离宫或名园提到了高度艺术的境地。现在，这些可宝贵的祖国文化遗产，都已回到人民手里了。

北京西郊的颐和园，在著名的圆明园被帝国主义侵略军队毁了以后，是中国四千年封建历史里保存到今天的最后的一个大“御苑”。颐和园周围十三华里，园内有山有湖。倚山临湖的建筑单位大小数百，最有名的长廊，东西就长达一千几百尺，共计二百七十三间。

颐和园的湖、山基础，是经过金、元、明三朝所建设的。清朝规模最大的修建开始于乾隆十五年（一七五〇年），当时本名清漪园，山名万寿，湖名昆明。一八六〇年，清漪园和圆明园同遭英法联军毒辣的破坏。前山和西部大半被毁，只有山巅琉璃砖造的建筑和“铜亭”得免。

前山湖岸全部是光绪十四年（一八八八年）所重建。那时西太后那拉氏专政，为自己做寿，竟挪用了海军造船费来修建，改名颐和园。

颐和园规模宏大，布置错杂，我们可以分成后山、前山、东宫门、南湖和西堤等四大部分来了解它的。

第一部后山，是清漪园所遗留下的艺术面貌，精华在万寿山的北坡和坡下的苏州河。东自“赤城霞起”关口起，山势起伏，石路回转，一路在半山经“景福阁”到“智慧海”，再向西到“画中游”。一路沿山下河岸，处处苍松深郁或桃树错落，是初春清明前后游园最好的地方。山下小河（或称后湖）曲折，忽狭忽阔；沿岸摹仿江南风景，故称“苏州街”，河也名“苏州河”。正中北宫门入园后，有大石桥跨苏州河上，向南上坡是“后大庙”旧址，今称“须弥灵境”。这些地方，今天虽已剥落荒凉，但环境幽静，仍是颐和园最可爱的一部。东边“谐趣园”是仿无锡惠山园的风格，当中荷花池，四周有水殿曲廊，极为别致。西面通到前湖的小苏州河，岸上东有“买卖街”（现已不存），俨如江南小镇。更西的长堤垂柳和六桥是仿杭州西湖六桥建设的。这些都是摹仿江南山水的一个系统的造园手法。

第二部前山湖岸上的布局，主要是排云殿、长廊和石舫。排云殿在南北中轴线上。这一组由临湖一座牌坊起，上到排云殿，再上到佛香阁；倚山建筑，巍然耸起，是前山的重点。佛香阁是八角钻尖顶的多层建筑物，立在高台上，是全山最高的突出点。这一组建筑的左右还有“转轮藏”和“五芳阁”等宗教建筑物。附属于前山部分的还有米山上几处别馆如“景福阁”，“画中游”等。沿湖的长廊和中线成丁字形；西边长廊尽头处，湖岸转北到小苏州河，傍岸处就是著名的“石舫”，名清宴舫。前山着重侈大、堂皇富丽，和清漪园时代重视江南山水的曲折大不相同；前山的安排，是“仙山蓬岛”的格式，略如北海琼华岛，建筑物倚山层层上去，成一中轴线，以高耸的建筑物为结束。湖岸有石栏和游廊。对面湖心有远岛，以桥相通，也如北海团城。只是岛和岸的距离甚大，通到岛上的十七孔长桥，不在中线，而由东堤伸出，成为远景。

第三部是东宫门入口后的三大组主要建筑物：一是向东的仁寿殿，它是理事的大殿；二是仁寿殿北边的德和园；内中有正殿、两廊和大戏台；三是乐寿堂，在德和园之西。这是那拉氏居住的地方。堂前向南临水有石台石阶，可以由此上下船。这些建筑拥挤繁复，像城内府第，堵塞了入口，向后山和湖岸的合理路线被建筑物阻挡割裂，今天游园的人，多不知有后山，进仁寿殿或德和园之后，更有迷惑在院落中的感觉，直到出了荣寿堂西门，到了长廊，才豁然开朗，见到前面湖山。这一部分的建筑物为全园布局上的最大弱点。

第四部是南湖洲岛和西堤。岛有五处，最大的是月波楼一组，或称龙王庙，有长桥通东堤。其他小岛非船不能达。西堤由北而南成一弧线，分数段，上有六座桥。这些都是湖中的点缀，为北岸的远景。

天宁寺塔

北京广安门外的天宁寺塔，是北京城内和郊外的寺塔中完整立着的一个最古的建筑纪念物。这个塔是属于一种特殊的类型：平面作八角形，砖筑实心，外表主要分成高座、单层塔身和上面的多层密檐三部分。座是重叠的两组须弥座，每组中间有一道“束腰”，用“间柱”分成格子，每格中刻一浅龛，中有浮雕，上面用一周砖刻斗拱和栏杆，故极富于装饰性。座以上只有一单层的塔身，托在仰翻的大莲瓣上，塔身四正面有拱门，四斜面有窗，还有浮雕力神像等。塔身以上是十三层密密重叠着的瓦檐。第一层檐以上，各檐中间不露塔身，只见斗拱；檐的宽度每层缩小，逐渐向上递减，使塔的轮廓成缓和的弧线。塔顶的“刹”是佛教的象征物，本有“覆钵”和很多层“相轮”，但天宁寺塔上只有宝顶，不是一个刹，而十三层密檐本身却有了相轮的效果。

这种类型的塔，轮廓甚美，全部稳重而挺拔。层层密檐的支出使檐上的光和檐下的阴影构成一明一暗；重叠而上，和素面塔身起反衬作用，是最引人注意的宜于远望的处理方法。中间塔身略细，约束在檐以下、座以上，特别显得窈窕。座的轮廓也因有伸出和缩紧的部分，更美妙有趣。塔座是塔底部的重点，远望清晰伶俐；近望则见浮雕的花纹、走兽和人物，精致生动，又恰好收到最大的装饰效果。它是砖造建筑艺术中的极可宝贵的处理手法。

分析和比较祖国各时代各类型的塔，我们知道南北朝和隋的木塔的形状，但实物已不存。唐代遗物主要是砖塔，都是多层方塔，如西安的大雁塔和小雁塔。唐代虽有单层密檐塔，但平面为方形，且无须弥座和斗拱，如嵩山的永泰寺塔。中原山东等省以南，山西省以西，五代以后虽有八角塔，而非密檐，且无斗拱，如开封的“铁塔”。在江南，五代两宋虽有八角塔，却是多层塔身的，且塔身虽砖造，每层都用木造斗拱和木檩托檐，如苏州虎丘塔，罗汉院双塔等。检查天宁寺塔每一细节，我们今天可以确凿地断定它是辽代的实物，清代石碑中说它是“隋塔”是错误的。

这种单层密檐的八角塔只见于河北省和东北。最早有年月可考的都属于辽金时代（十一至十三世纪），如房山云居寺南塔北塔，正定青塔，通州塔，辽阳白塔寺塔等。但明清还有这形制的塔，如北京八里庄塔。从它们分布的地域和时代看来，这类型的塔显然是契丹民族的劳动人民和当时移居辽区的汉族匠工们所合力创造的伟绩，是他们对于祖国建筑传统的一个重大贡献。天宁寺塔经过这九百多年的考验，仍是一座完整而美丽的纪念性建筑，它是今天北京最珍贵的艺术遗产之一。

北京近郊的三座“金刚宝座塔”

——西直门外五塔寺塔、德胜门外
西黄寺塔和香山碧云寺塔

北京西直门外五塔寺的大塔，形式很特殊；它是建立在一个巨大的台子上面，由五座小塔所组成的。佛教术语称这种塔为“金刚宝座塔”。它是摹仿印度佛陀伽蓝的大塔建造的。

金刚宝座塔的图样，是一四一三年（明永乐时代）西番班迪达来中国时带来的。永乐帝朱棣，封班迪达做大国师，建立大正觉寺——即五塔寺——给他住。到了一四七三年（明成化九年）便在寺中仿照了中印度式样，建造了这座金刚宝座塔。清乾隆时代又仿照这个类型，建造了另外两座。一座就是现在德胜门外的西黄寺塔，另一座是香山碧云寺塔。这三座塔虽同属于一个格式，但每座各有很大变化，和中国其他的传统风格结合而成。它们具体地表现出祖国劳动人民灵活运用外来影响的能力，他们有大胆变化、不限制于摹仿的创造精神。在建筑上，这样主动地吸收外国影响和自己民族形式相结合的例子是极值得注意的。同时，介绍北京这三座塔并指出它们的显著的异同，也可以增加游览者对它们的认识和兴趣。

五塔寺在西郊公园北面约二百公尺。它的大台高五丈，上面立五座密檐的方塔，正中一座高十三层，四角每座高十一层。中塔的正南，阶梯出口的地方有一座两层檐的亭子，上层瓦顶是圆的。大台的最底层是个“须弥座”，座之上分五层，每层伸出小檐一周，下雕并列的佛龛，龛和龛之间刻菩萨立像。最上层是女儿墙，也就是大台的栏杆。这些上面都有雕刻，所谓“梵花、梵宝、梵字、梵像”。大台的正门有门洞，门内有阶梯藏在台身里，盘旋上去，通到台上。

这塔全部用汉白石建造，密密地布满雕刻。石里所含铁质经过五百年的氧化，呈现出淡淡的橙黄的颜色，非常温润而美丽。

过于繁琐的雕饰本是印度建筑的弱点，中国匠人却创造了自己的适当的处理。他们智慧地结合了祖国的手法特征，努力控制了凹凸深浅的重点。每层利用小檐的伸出和佛龛的深入，做成阴影较强烈的部分，其余全是极浅的浮雕花纹。这样，便纠正了一片杂乱繁缛的感觉。

西黄寺塔，也称做班禅喇嘛清净化城塔，建于一七七九年。这座塔的形式和大正觉寺塔一样，也是五座小塔立在一个大台上面。所不同的，在于这五座塔本身的形式。它的中央一塔为西藏式的喇嘛塔（如北海的白塔），而它的四角小塔，却是细高的八角五层的“经幢”；并且在平面上，四小塔的座基突出于大台之外，南面还有一列石阶引至台上。中央塔的各面刻有佛像、草花和凤凰等，雕刻极为细致富丽，四个幢主要一层素面刻经，上面三层刻佛龛与莲瓣。全组呈窈窕玲珑的印象。

碧云寺塔和以上两座又都不同。它的大台共有三层，底下两层是月台，各有台阶上去。最上层做法极像五塔寺塔，刻有数层佛龛，阶梯也藏在台身内。但它上面五座塔之外，南面左右还有两座小喇嘛塔，所以共有七座塔了。

这三处仿中印度式建筑的遗物，都在北京近郊风景区内。同式样的塔，国内只有昆明官渡镇有一座，比五塔寺塔更早了几年。

鼓楼、钟楼和什刹海

北京城在整体布局上，一切都以城中央一条南北中轴线为依据。这条中轴线以永定门为南端起点，经过正阳门、天安门、午门、前三殿、后三殿、神武门、景山、地安门一系列的建筑重点，最北就结束在鼓楼和钟楼那里。北京的钟楼和鼓楼不是东西相对，而是在南北线上，一前、一后的两座高耸的建筑物。北面城墙正中不开城门，所以这条长达八公里的南北中线的北端就终止在钟楼之前。这个伟大气魄的中轴直串城心的布局是我们祖先杰出的创造。鼓楼面向着广阔的地安门大街，地安门是它南面的“对景”，钟楼峙立在它的北面，这样三座建筑便合成一组庄严的单位，适当地作为这条中轴线的结束。

鼓楼是一座很大的建筑物，第一层雄厚的砖台，开着三个发券的门洞。上面横列五间重檐的木构殿楼，整体轮廓强调了横亘的体形。钟楼在鼓楼后面不远，是座直立耸起、全部砖石造的建筑物；下层高耸的台，每面只有一个发券门洞。台上钟亭也是每面一个发券的门。全部使人有浑雄坚实的矗立的印象。钟、鼓两楼在对比中，一横一直，形成了和谐美妙的组合。明朝初年智慧的建筑工人，和当时的“打图样”的师父们就这样朴实、大胆地创造了自己市心的立体标志，充满了中华民族特征的不平凡的风格。

钟、鼓楼西面俯瞰什刹海和后海。这两个“海”是和北京历史分不开的。它们和北海、中海、南海是一个系统的五个湖沼。十二世纪中建造“大都”的时候，北海和中海被划入宫苑（那时还没有南海），什刹海和后海留在市区内。当时有一条水道由什刹海经现在的北河沿、南河沿、六国饭店出城通到通州，衔接到运河。江南运到的粮食便在什刹海卸货，那里船帆桅杆十分热闹，它的重要性正相同于我们今天的前门车站。到了明朝，水源发生问题，水运只到东郊，什刹海才丧失了作为交通终点的身份。尤其难得的是它外面始终没有围墙把它同城区阻隔，正合乎近代最理想的市区公园的布局。

海的四周本有十座佛寺，因而得到“什刹”的名称。这十座寺早已荒废。满清末年，这里周围是茶楼、酒馆和杂耍场子等。但湖水逐渐淤塞，虽然夏季里香荷一片，而水质污秽、蚊虫孳生已威胁到人民的健康。解放后人民自己的政府首先疏浚全城水道系统，将什刹海掏深，砌了石岸，使它成为一片清澈的活水，又将西侧小湖改为可容四千人的游泳池。两年来那里已成劳动人民夏天中最喜爱的地点。垂柳倒影，隔岸可遥望钟楼和鼓楼，它已真正地成为首都的风景区。并且这个风景区还正在不断地建设中。

在全市来说，由地安门到钟、鼓楼和什刹海是城北最好的风景区的基础。现在鼓楼上面已是人民的第一文化馆，小海已是游泳池，又紧接北海。这一个美好环境，由钟、鼓楼上远眺更为动人。不但如此，首都的风景区是以湖沼为重点的，水道的连结将成为必要。什刹海若予以发展，将来可能以金水河把它同颐和园的昆明湖结连起来。那样，人们将可以在假日里从什刹海坐着小船经由美丽的西郊，直达颐和园了。

雍和宫

北京城内东北角的雍和宫，是二百十几年来北京最大的一座喇嘛寺院。喇嘛教是蒙藏两族所崇奉的宗教，但这所寺院因为建筑的宏丽和佛像雕刻等的壮观，一向都非常著名，所以游览首都的人们，时常来到这里参观。这一组庄严的大建筑群，是过去中国建筑工人以自己传统的建筑结构技术来适应喇嘛教的需要所创造的一种宗教性的建筑类型，就如同中国工人曾以本国的传统方法和民族特征解决过回教的清真寺或基督教的礼拜堂的需要一样。这寺院的全部是一种符合特殊实际要求的艺术创造，在首都的文物建筑中间，它是不容忽视的一组建筑遗产。

雍和宫曾经是胤祯（清雍正）做王子时的府第。在一七三四年改建为喇嘛寺。

雍和宫的大布局，紧凑而有秩序，全部由南北一条中轴线贯穿着。由最南头的石牌坊起到“琉璃花门”是一条“御道”，——也像一个小广场。两旁十几排向南并列的僧房就是喇嘛们的宿舍。由琉璃花门到雍和门是一个前院，这个前院有古槐的幽荫，南部左右两角立着钟楼和鼓楼，北部左右有两座八角的重檐亭子，更北的正中就是雍和门；雍和门规模很大，才经过修缮油饰。由此北进共有三个大庭院，五座主要大殿阁。第一院正中的主要大殿称做雍和宫，它的前面中线上有碑亭一座和一个雕刻精美的铜香炉，两边配殿围绕到它后面一殿的两旁，规模极为宏壮。

全寺最值得注意的建筑物是第二院中的法轮殿，其次便是它后面的万佛楼。它们的格式都是很特殊的。法轮殿主体是七间大殿，但它的前后又各出五间“抱厦”，使平面成十字形。殿的瓦顶上面突出五个小阁，一个在正脊中间，两个在前坡的左右，两个在后坡的左右。每个小阁的瓦脊中间又立着一座喇嘛塔。由于宗教上的要求，五塔寺金刚宝座塔的型式很巧妙地这样组织到纯粹中国式的殿堂上面，成了中国建筑中一个特殊例子。

万佛楼在法轮殿后面，是两层重檐的大阁。阁内部中间有一尊五丈多高的弥勒佛大像，穿过三层楼井，佛像头部在最上一层的屋顶底下。据说这个像的全部是由一整块檀香木雕成的。更特殊的是万佛楼的左右另有两座两层的阁，从这两阁的上层用斜廊——所谓飞桥——和大阁相联系。这是敦煌唐朝画中所常见的格式，今天还有这样一座存留着，是很难得的。

雍和宫最北部的绥成殿是七间，左右楼也各是七间，都是两层的楼阁，在我们的最近建设中，我们极需要参考本国传统的楼屋风格，从这一组两层建筑物中，是可以得到许多启示的。

故　宫

北京的故宫现在是首都的故宫博物院。故宫建筑的本身就是这博物院中最重要的历史文物。它综合形体上的壮丽、工程上的完美和布局上的庄严秩序，成为世界上一组最优异、最辉煌的建筑纪念物。它是我们祖国多少年来劳动人民智慧和勤劳的结晶，它有无比的历史和艺术价值。全宫由“前朝”和“内廷”两大部分组成；四周有城墙围绕，墙下是一周护城河，城四角有角楼，四面各有一门：正南是午门，门楼壮丽称五凤楼；正北称神武门；东西两门称东华门、西华门，全组统称“紫禁城”。隔河遥望红墙、黄瓦、宫阙、角楼的任何一角都是宏伟秀丽，气象万千。

前朝正中的三大殿是宫中前部的重点，阶陛三层，结构崇伟，为建筑造形的杰作。东侧是文华殿，西侧是武英殿，这两组与太和门东西并列，左右衬托，构成三殿前部的格局。

内廷是封建皇帝和他的家族居住和办公的部分。因为是所谓皇帝起居的地方，所以借重了许多严格部署的格局和外表形式上的处理来强调这独夫的“至高无上”。因此内廷的布局仍是采用左右对称的格式，并且在部署上象征天上星宿等等。例如内廷中间，乾清、坤宁两宫就是象征天地，中间过殿名交泰，就取“天地交泰”之义。乾清宫前面的东西两门名日精、月华，象征日月。后面御花园中最北一座大殿——钦安殿，内中还供奉着“玄天上帝”的牌位。故宫博物院称这部分作“中路”，它也就是前王殿中轴线的延续，也是全城中轴的一段。

“中路”两旁两条长夹道的东西，各列六个宫，每三个为一路，中间有南北夹道。这十二个宫象征十二星辰。它们后部每面有五个并列的院落，称东五所、西五所，也象征众星拱辰之义。十二宫是内宫眷属“妃嫔”“皇子”等的住所和中间的“后三殿”就是紫禁城后半部的核心。现在博物院称东西六宫等为“东路”和“西路”，按日轮流开放。西六宫曾经改建，储秀和翊坤两宫之间增建一殿，成了一组。长春和太极之间，也添建一殿，成为一组，格局稍变。东六宫中的延禧，曾参酌西式改建“水晶宫”而未成。

三路之外的建筑是比较不规则的。主要的有两种：一种是在中轴两侧，东西两路的南头，十二宫的面的重要前宫殿。西边是养心殿一组，它正在“外朝”和“内廷”之间偏东的位置上，是封建主实际上日常起居的地方。中轴东边与它约略对称的是斋宫和奉先殿。这两组与乾清宫的关系就相等于文华、武英两殿与太和殿的关系。另一类是核心外围规模较十二宫更大的宫。这些宫是建筑给封建主的母后居住的。每组都有前殿、后寝、周围廊子、配殿、宫门等。西边有慈宁、寿康、寿安等宫。其中夹着一组佛教庙宇雨花阁，规模极大。总称为“外西路”。东边的“外东路”只有直串南北、范围巨大的宁寿宫一组。它本是玄烨（康熙）的母亲所居，后来弘历（乾隆）将政权交给儿子，自己退老住在这里曾增建了许多繁缛巧丽的亭园建筑，所以称为“乾隆花园”。它是故宫后部核心以外最特殊也最奢侈的一个建筑组群，且是清代日趋繁琐的宫廷趣味的代表作。

故宫后部虽然“千门万户”，建筑密集，但它们仍是有秩序的布局。中轴之外，东西两侧的建筑物也是以几条南北轴线为依据的。各轴线组成的建筑群以外的街道形成了细长的南北夹道。主要的东一长街和西一长街的南头就是通到外朝的“左内门”和“右内门”，它们是内廷和前朝联系的主要交通线。

除去这些“宫”与“殿”之外，紫禁城内还有许多服务单位如上驷院、御膳房和各种库房及值班守卫之处。但威名煊赫的“南书房”和“军机处”等宰相大臣办公的地方，实际上只是乾清门旁边几间廊庑房舍。军机处还不如上驷院里一排马厩！封建帝王残酷地驱役劳动人民为他建造宫殿，养尊处优，享乐排场无所不至，而即使是对待他的军机大臣也仍如奴隶。这类事实可由故宫的建筑和布局反映出来。紫禁城全部建筑也就是最丰富的历史材料。

文艺丛刊小说选题记

《大公报·文艺副刊》出了一年多，现在要将这第一年中属于创造的短篇小说提出来，选出若干篇，印成单行本供给读者更方便的阅览。这个工作的确该使认真的作者和读者两方面全都高兴。

这里篇数并不多，人数也不多，但是聚在一个小小的选集里也还结实饱满，拿到手里可以使人充满喜悦的希望。

我们不怕读者读过了以后，这燃起的希望或者又会黯下变成失望。因为这失望竟许是不可免的，如果读者对创造界诚恳地抱着很大的理想，心里早就叠着不平常的企望。但只要是读者诚实的反应，我们都不害怕。因为这里是一堆作者老实的成绩，合起来代表一年中创造界一部分的试验，无论拿什么标准来衡量它，断定它的成功或失败，谁也没有一句话说的。

现在姑且以编选人对这多篇作品所得的感想来说，供读者浏览评阅这本选集时一种参考，简单的就是底下的一点意见。

如果我们取鸟瞰的形式来观察这个小小的局面，至少有一个最显著的现象展在我们眼下。在这些作品中，在题材的选择上似乎有个很偏的倾向：那就是趋向农村或少受教育分子或劳力者的生活描写。这倾向并不偶然，说好一点，是我们这个时代对于他们——农人与劳力者——有浓重的同情和关心；说坏一点，是一种盲从趋时的现象。但最公平的说，还是上面的两个原因都有一点关系。描写劳工社会，乡村色彩已成一种风气，且在文艺界也已有一点成绩。初起的作家，或个性不强烈的作家，就容易不自觉的，因袭种种已有眉目的格调下笔。尤其是在我们这时代，青年作家都很难过自己在物质上享用，优越于一般少受教育的民众，便很自然地要认识乡村的穷苦，对偏僻的内地发生兴趣，反倒撇开自己所熟识的生活不写。拿单篇来讲，许多都写得好，还有些写得特别精彩的。但以创造界全盘试验来看，这种偏向表示贫弱，缺乏创造力量。并且为良心的动机而写作，那作品的艺术成分便会发生疑问。我们希望选集在这一点上可以显露出这种创造力的缺乏，或艺术性的不纯真，刺激作家们自己更有个性，更热诚地来刻画这多面错综复杂的人生，不拘泥于任何一个角度。

除却上面对题材的偏向以外，创造文艺的认真却是毫无疑问的。前一时代在流畅文字的烟幕下，刻薄地以讽刺个人博取流行幽默的小说，现已无形地摈出努力创造者的门外，衰灭下去几至绝迹。这个情形实在也值得我们作者和读者额手相庆的好现象。

在描写上，我们感到大多数所取的方式是写一段故事，或以一两人物为中心，或以某地方一桩事发生的始末为主干，单纯地发展与结束。这也是比较薄弱的手法。这个我们疑惑或是许多作者误会了短篇的限制，把它的可能性看得过窄的缘故。生活大胆的断面，这里少有人尝试，剖示贴己生活的矛盾也无多少人认真地来做。这也是我们中间一种遗憾。

至于关于这里短篇技巧的水准，平均的程度，编选人却要不避嫌疑地提出请读者注意。无疑的，在结构上，在描写上，在叙事与对话的分配上，多数作者已有很成熟自然地运用。生涩幼稚和冗长散漫的作品，在新文艺早期中毫无愧色地散见于各种印刷物中，现在已完全敛迹。通篇的连贯，文字的经济，着重点的安排，颜色图画的鲜明，已成为极寻常的标准。在各篇中我们相信读者一定还不会不觉察到那些好处的；为着那些地方就给了编选人以不少愉快和希望。

最后如果不算离题太远，我们还要具体地讲一点我们对于作者写作品的见解。作品最主要处是诚实。诚实的重要还在题材的新鲜，结构的完整，文字的流丽之上。即是作品需诚实于作者客观所明了，主观所体验的生活。小说的情景即使整个是虚构的，内容的情感却全得藉力于迫真的，体验过的情感，毫不能用空洞虚假来支持着伤感的“情节”！所谓诚实并不是作者必须实际的经过在作品中所提到的生活，而是凡在作品中所提到的生活，的确都是作者在理智上所极明了，在感情上极能体验得出的情景或人性。许多人因是自疚生活方式不新鲜，而故意地选择了一些特殊浪漫，而自己并不熟识的生活来做题材，然后敲诈自己有限的幻想力去铺张出自己所没有的情感，来骗取读者的同情。这种创造既浪费文字来夸张虚伪的情景和伤感，那些认真的读者要从文艺里充实生活认识人生的，自然要感到十分的不耐烦和失望的。

生活的丰富不在生存方式的种类多与少，如做过学徒，又拉过洋车，去过甘肃又走过云南，却在客观的观察力与主观的感觉力同时的锐利敏捷，能多面地明了及尝味所见、所听、所遇，种种不同的情景；还得理会到人在生活上互相的关系与牵连；固定的与偶然的中间所起戏剧式的变化；最后更得有自己特殊的看法及思想，信仰或哲学。

一个生活丰富者不在客观的见过若干事物，而在能主观的能激发很复杂，很不同的情感，和能够同情于人性的许多方面的人。

所以一个作者，在运用文字的技术学问外，必须是能立在任何生活上面，能在主观与客观之间，感觉和了解之间，理智上进退有余，情感上横溢奔放，记忆与幻想交错相辅，到了真即是假，假即是真的程度，他的笔下才现着活力真诚。他的作品才会充实伟大，不受题材或文字的影响，而能持久普遍的动人。

这些道理，读者比作者当然还要明白点，所以作品的估价永远操在认真的读者手里，这也是这个选集不得不印书，献与它的公正的评判者的一个原因。

山西通信

××××：

居然到了山西，天是透明的蓝，白云更流动得使人可以忘记很多的事，单单在一点什么感情底下，打滴溜转；更不用说到那山山水水，小堡垒，村落，反映着夕阳的一角庙，一座塔！景物是美得到处使人心慌心痛。

我是没有出过门的，没有动身之前不容易动，走出来之后却就不知道如何流落才好。旬日来眼看去的都是图画，日子都是可以歌唱的古事。黑夜里在山场里看河南来到山西的匠人，围住一个大红炉子打铁，火花和铿锵的声响，散到四围黑影里去。微月中步行寻到田陇废庙，划一根“取灯”偷偷照看那瞭望观音的脸，一片平静几百年来，没有动过感情的，在那一闪光底下，倒像挂上一缕笑意。

我们因为探访古迹走了许多路；在种种情形之下感慨到古今兴废。在草丛里读碑碣，在砖堆中间偶然碰到菩萨的一只手一个微笑，都是可以激动起一些不平常的感觉来的。乡村的各种浪漫的位置，秀丽天真；中间人物维持着老老实实的鲜艳颜色，老的扶着拐杖，小的赤着胸背，沿路上点缀的，尽是他们明亮的眼睛和笑脸。由北平城里来的我们，东看看，西走走，夕阳背在背上，真和掉在另一个世界里一样！云块，天，和我们之间似乎失掉了一切障碍。我乐时就高兴地笑，笑声一直散到对河对山，说不定那一个林子，那一个村落里去！我感觉到一种平坦，竟许是辽阔，和地面恰恰平行着舒展开来，感觉的最边沿的边沿，和大地的边沿，永远赛着向前伸……

我不会说，说起来也只是一片疯话人家不耐烦听。以我描写一些实际情形我又不大会，总而言之，远地里，一处田亩有人在工作，上面青的，黄的，紫的，分行地长着；每一处山坡上，有人在走路，放羊，迎着阳光，背着阳光，投射着转动的光影；每一个小城，前面站着城楼，旁边睡着小庙，那里又托出一座石塔，神和人，都服贴的，满足的，守着他们那一角天地，近地里，则更有的是热闹，一条街里站满了人，孩子头上梳着三个小辫子的，四个小辫子的，乃至于五六个小辫子的，衣服简单到只剩一个红兜肚，上面隐约也总有他嬷嬷挑的两三朵花！

娘娘庙前面树荫底下，你又能阻止谁来看热闹？教书先生出来了，军队里兵卒拉着马过来了，几个女人娇羞地手拉着手，也扭着来站在一边了，小孩子争着挤，看我们照相，拉皮尺量平面，教书先生帮忙我们拓碑文。说起来这个那个庙，都是年代可多了，什么时候盖的，谁也说不清了！说话之人来得太多，我们工作实在发生困难了，可是我们大家都顶高兴的，小孩子一边抱着饭碗吃饭，一边睁着大眼看，一点子也不松懈。

我们走时总是一村子的人来送的，儿媳妇指着说给老婆婆听，小孩们跑着还要跟上一段路。开栅镇，小相村，大相村，那一处不是一样的热闹，看到北齐天保三年造像碑，我们不小心地，漏出一个惊异的叫喊，他们乡里弯着背的，老点儿的人，就也露出一个得意的微笑，知道他们村里的宝贝，居然吓着这古怪的来客了。“年代多了罢，”他们骄傲地问。“多了多了，”我们高兴的回答，“差不多一千四百年了。”“呀，一千四百年！”我们便一齐骄傲起来。

我们看看这里金元重修的，那里明季重修的殿宇，讨论那式样做法的特异处，塑像神气，手续，天就渐渐黑下来，嘴里觉到渴，肚里觉到饿，才记起一天的日子圆圆整整的就快结束了。回来躺在床上，绮丽鲜明的印象仍然挂在眼睛前边，引导着种种适意的梦，同时晚饭上所吃的菜蔬果子，便给养充实着，我们明天的精力，直到一大颗太阳，红红地照在我们的脸上。

悼志摩

十一月十九日我们的好朋友，许多人都爱戴的新诗人，徐志摩突兀的，不可信的，惨酷的，在飞机上遇险而死去。这消息在二十日的早上像一根针刺猛触到许多朋友的心上，顿使那一早的天墨一般的昏黑，哀恸的咽哽锁住每一个人的嗓子。

志摩……死……谁曾将这两个句子联在一处想过！他是那样活泼的一个人，那样刚刚站在壮年的顶峰上的一个人。朋友们常常惊讶他的活动，他那像小孩般的精神和认真，谁又会想到他死？

突然的，他闯出我们这共同的世界，沉入永远的静寂，不给我们一点预告，一点准备，或是一个最后希望的余地。这种几乎近于忍心的决绝，那一天不知震麻了多少个朋友的心？现在那不能否认的事实，仍然无情的挡住我们前面。任凭我们多苦楚的哀悼他的惨死，多迫切地希冀能够仍然接触到他原来的音容，事实是不会为体贴我们这悲念而有些须更改；而他也再不会为不忍我们这伤悼而有些须活动的可能！这难堪的永远静寂和消沉便是死的最残酷处。

我们不迷信的，没有宗教地望着这死的帏幕，更是丝毫没有把握。张开口我们不会呼吁，闭上眼不会入梦，徘徊在理智和情感的边沿，我们不能预期后会，对这死，我们只是永远发怔，吞咽枯涩的泪，待时间来剥削这哀恸的尖锐，痂结我们每次悲悼的创伤。那一天下午初得到消息的许多朋友不是全跑到胡适之先生家里么？但是除却拭泪相坐，默然围坐外，谁也没有主意，谁也不知有什么话说，对这死！

谁也没有主意，谁也没有话说！事实不容我们安插任何的希望，情感不容我们不伤悼这突兀的不幸，理智又不容我们有超自然的幻想！默然相对默然围坐……而志摩则仍是死去没有回头，没有音讯，永远的不会回头，永远的不会再有音讯。

我们中间没有绝对信运命之说的，但是对着这不测的人生，谁不感到惊异，对着那许多事实的痕迹又如何不感到人力的脆弱，智慧的有限。世事尽有定数？世事尽是偶然？对这永远的疑问我们什么时候能有完全的把握？

在我们前边展开的只是一堆坚质的事实：

“是的，他十九晨有电报来给我……

“十九早晨，是的！说下午三点准到南苑，派车接……

“电报是九时从南京飞机场发出的……

“刚是他开始飞行以后所发……

“派车接去了，等到四点半……说飞机没有到……

“没有到……航空公司说济南有雾……很大……”只是一个钟头的差别；下午三时到南苑，济南有雾！谁相信就是这一个钟头中便可以有这么不同事实的发生，志摩，我的朋友！

他离平的前一晚我仍见到，那时候他还不知道他次晨南旅的，飞机改期过三次，他曾说如果再改下去，他便不走了的。我和他同由一个茶会出来，在总布胡同口分手。在这茶会里我们请的是为太平洋会议来的一个柏雷博士，因为他是志摩生平最爱慕的女作家曼殊斐儿的姊丈，志摩十分地殷勤；希望可以再从柏雷口中得些关于曼殊斐儿早年的影子，只因限于时间，我们茶后匆匆的便散了。晚上我有约会出去了，回来时很晚，听差说他又来过，适遇我们夫妇刚走，他自己坐了一会儿，喝了一壶茶，在桌上写了些字便走了。我到桌上一看：——

“定明早六时飞行，此去存亡不卜……”我怔住了，心中一阵不痛快，赶忙给他一个电话。

“你放心，”他说，“很稳当的，我还要留着生命看更伟大的事迹呢，那能便死？……”

话虽是这样说，他却是已经死了整两周了！

凡是志摩的朋友，我相信全懂得，死去他这样一个朋友是怎么一回事！

现在这事实一天比一天更结实，更固定，更不容否认。志摩是死了，这个简单惨酷的实际早又添上时间的色彩，一周，两周，一直地增长下去……

我不该在这里语无伦次地尽管呻吟我们做朋友的悲哀情绪。归根说，读者抱着我们这些文字看，也就是像志摩请柏雷一样，要从我们口里再听到关于志摩的一些事。这个我明白，我只怕我不能使你们满意，因为关于他的事，动听的，使青年人知道这里有个不可多得的人格存在的，实在太多，决不是几千字可以表达得完。谁也得承认像他这样的一个人世间便不轻易有几个的，无论在中国或是外国。

我认得他，今年整十年，那时候他在伦敦经济学院，尚未去康桥。我初次遇到他，也就是他初次认识到影响他迁学的狄更生先生。不用说他和我父亲最谈得来，虽然他们年岁上差别不算少，一见面之后便互相引为知己。他到康桥之后由狄更生介绍进了皇家学院，当时和他同学的有我姊丈温君源宁。一直到最近两月中源宁还常在说他当时的许多笑话，虽然说是笑话，那也是他对志摩最早的一个惊异的印象。志摩认真的诗情，绝不含有丝毫矫伪，他那种痴，那种孩子似的天真实能令人惊讶。源宁说，有一天他在校舍里读书，外边下了倾盆大雨——惟是英伦那样岛国才有的狂雨——忽然他听到有人猛敲他的房门，外边跳进一个被雨水淋得全湿的客人。不用说他便是志摩，一进门一把扯着源宁向外跑，说快来我们到桥上去等着。这一来把源宁怔住了，他问志摩等什么在这大雨里。志摩睁大了眼睛，孩子似地高兴地说“看雨后的虹去”。源宁不止说他不去，并且劝志摩趁早将湿透的衣服换下，再穿上雨衣出去，英国的湿气岂是儿戏。志摩不等他说完，一溜烟地自己跑了！

以后我好奇地曾问过志摩这故事的真确，他笑着点头承认这全段故事的真实。我问：“那么下文呢，你立在桥上等了多久，并且看到虹了没有？”他说记不清，但是他居然看到了虹。我诧异地打断他对那虹的描写，问他怎么他便知道，会有虹的。他得意的笑答我说：“完全诗意的信仰！”

“完全诗意的信仰”，我可要在这里哭了！也就是为这“诗意的信仰”他硬要借航空的方便达到他“想飞”的素愿！“飞机是很稳当的，”他说，“如果要出事那是我的运命！”他真对运命这样完全诗意的信仰!

志摩我的朋友，本来是，死也不过一个新的旅程，我们没有到过的，不免过分地怀疑，死不定就比这生存苦。“我们不能轻易断定那一边没有阳光与人情的温慰”，但是我前边说过最难堪的是这永远的静寂。我们生在这没有宗教的时代，对这死实在太没有把握了。这以后许多思念你的日子怕要全是昏暗的苦楚，不会有一点点光明，除非我也有你那美丽诗意的信仰!

我个人的悲绪不竟又来扰乱我对他生前许多清晰的回忆，朋友们原谅。

诗人的志摩用不着我来多说，他那许多诗文便是估价他的天秤。我们新诗的历史才是这样的短，恐怕他的判断人尚在我们儿孙辈的中间。我要谈的是诗人之外的志摩。人家说志摩的为人只是不经意的浪漫，志摩的诗全是抒情诗，这断语从不认识他的人听来可以说很公平，从他朋友们看来实在是对不起他。志摩是个很古怪的人，浪漫固然，但他人格里最精华的却是他对人的同情，和蔼和优容；没有一个人他对他不和蔼，没有一种人，他不能优容，没有一种情感，他绝对的不能表同情。我不说了解，因为不是许多人爱说志摩最不解人情么？我说他的特点也就在这上头。

我们寻常人就爱说了解；能了解的我们便同情，不了解的我们便很落漠乃至于酷刻。表同情于我们能了解的，我们以为很适当；不表同情于我们不能了解的，我们也认为很公平。志摩则不然，了解与不了解，他并没有过分的夸张，他只知道温存，和平，体贴，只要他知道有情感的存在，无论出自何人，在何等情况之下，他理智上认为适当与否，他全能表几分同情，他真能体会原谅他人与他自己不相同处。从不会刻薄地单支出严格的迫仄的道德的天秤指谪凡是与他不同人。他这样的温和，这样的优容，真能使许多人惭愧，我可以忠实的说，至少他要比我们多数的人伟大许多；他觉得人类各种的情感动作全有它不同的价值，放大了的人类的眼光，同情是不该只限于我们划定的范围内。他是对的，朋友们，归根说，我们能够懂得几个人，了解几桩事，几种情感？那一桩事，那一个人没有多面的看法！如此说来志摩朋友之多，不是个可怪的事；凡是认得他的人不论深浅对他全有特殊的感情，也是极自然的结果。而反过来看他自己在他一生的过程中却是很少得着同情的。不止如是，他还曾为他的一点理想的愚诚几次几乎不见容于社会。但是他却未曾为这个而鄙吝他给他人的同情心，他的性情，不曾为受了刺激而转变刻薄暴戾过，谁能不承认他几有超人的宽量。

志摩的最动人的特点，是他那不可信的纯净的天真。对他的理想的愚诚，对艺术欣赏的认真，体会情感的切实，全是难能可贵到极点。他站在雨中等虹；他甘冒社会的大不韪争他的恋爱自由；他坐曲折的火车到乡间去拜哈代，他抛弃博士一类的引诱卷了书包到英国，只为要拜罗素做老师，他为了一种特异的境遇，一时特异的感动，从此在生命途中冒险，从此抛弃所有的旧业，只是尝试写几行新诗——这几年新诗尝试的运命并不太令人踊跃，冷嘲热骂只是家常便饭——他常能走几里路去采几茎花，费许多周折去看一个朋友说两句话；这些，还有许多，都不是我们寻常能够轻易了解的神秘。我说神秘，其实竟许是傻，是痴！事实上他只是比我们认真，虔诚到傻气，到痴！他愉快起来他的快乐的翅膀可以碰得到天，他忧伤起来，他的悲感是深得没有底。寻常评价的衡量在他手里失了效用，利害轻重他只有他的看法，纯是艺术的情感的脱离寻常的原则，所以往常人常听到朋友们说到他总爱带着嗟叹的口吻说："那是志摩，你又有什么法子！"他真的是个怪人么？朋友们，不，一点都不是，他只是比我们近情，近理，比我们热诚，比我们天真，比我们对万物都更有信仰，对神，对人，对灵，对自然，对艺术！

朋友们，我们失掉的不止是一个朋友，一个诗人，我们丢掉的是个极难得可爱的人格。

至于他的文品全是抒情的么？他的兴趣只限于情感么？更是不对，志摩的兴趣是极广泛的，就有几件，说起来，不认得他的人便要奇怪。他早年很爱数学，他始终极喜欢天文，他对天上星宿的名字和部位就认得很多，最喜暑夜观星，好几次他坐火车都是带着关于宇宙的科学的书。他曾经疯过爱因士坦的相对论，并且在一九二二年便写过一篇关于相对论的东西登在《民铎》杂志上。他常向思成说笑："任公先生的相对论的知识还是从我徐君志摩那篇大作上得来的呢，因为他说他看过许多关于爱因士坦的哲学都未曾看懂，看到志摩的那篇才懂了。"今夏我在香山养病，他常来闲谈，有一天谈到他幼年上学的经过和美国克来克大学两年学经济学的景况，我们不禁对笑了半天，后来他在他的《猛虎集》的序里也说了那末一段。可是奇怪的！他不像许多天才，幼年里上学，不是不及格，便是被斥退，他是常得优等的，听说有一次康乃尔暑校里一个极严的经济教授还写了信去克来克大学教授那里恭维他的学生，关于一门很难的功课。我不是为志摩在这里夸张，因为事实上只有为了这桩事，今夏志摩自己便笑得不亦乐乎！

此外他的兴趣对于戏剧绘画都极深浓，戏剧不用说，与诗文是那么接近，他领略绘画的天才也颇可观，后期印象派的几个画家，他都有极精密的爱恶，对于文艺复兴时代那几位，他也很熟悉，他最爱鲍提且利和达文骞。自然他也常承认文人喜画常是间接地受了别人论文的影响。他的，就受了法兰（Roger Fry）和斐德（Walter Pater）的不少。对于建筑审美他常常对思成和我道歉说："太对不起，我的建筑常识全是Ruskins那一套。"他知道我们是最讨厌Ruskins的。但是为看一个古建的残址，一块石刻，他比任何人都热心，都更能静心领略。

他喜欢色彩，虽然他自己不会作画，暑假里他曾从杭州给我几封信，他自己叫它们做"描写的水彩画"，他用英文极细致地写出西桑田的颜色，每一分嫩绿，每一色鹅黄，他都仔细地观察到。又有一次他望着我园里一带断墙半晌不语，过后他告诉我说，他正在默默体会，想要描写那墙上向晚的艳阳和刚刚入秋的藤萝。

对于音乐，中西的他都爱好，不止爱好，他那种热心便唤醒过北平一次——也许惟一的一次——对音乐的注意。谁也忘不了那一年，客拉司拉到北平在"真光"拉一个多钟头的提琴。对旧剧他也得算"在行"，他最后在北平那几天我们曾接连地同去听好几出戏，回家时我们讨论的热闹，比任何剧评都诚恳都起劲。

谁相信这样的一个人，这样忠实于"生"的一个人，会这样早的永远地离开我们另投一个世界，永远地静寂下去，不再透些须声息！

我不敢再望下写，志摩若是有灵听到比他年轻许多的一个小朋友拿着老声老气的语调谈到他的为人不觉得不快么？这里我又来个极难堪的回忆，那一年他在这同一个的报纸上写了那篇伤我父亲惨故的文章，这梦幻似的人生转了几个弯，曾几何时，却轮到我在这风紧夜深里握笔吊他的惨变。这是什么人生？什么风涛？什么道路？志摩，你这最后的解脱未始不是幸福，不是聪明，我该当羡慕你才是。

纪念志摩去世四周年

今天是你走脱这世界的四周年！朋友，我们这次拿什么来纪念你？前两次的用香花感伤的围上你的照片，抑住嗓子底下叹息和悲梗，朋友和朋友无聊地对望着，完成一种纪念的形式，俨然是愚蠢的失败。因为那时那种近于伤感，而又不够宗教庄严的举动，除却点明了你和我们中间的距离，生和死的间隔外，实在没有别的成效；几乎完全不能达到任何真实纪念的意义。

去年今日我意外地由浙南路过你的家乡，在昏沉的夜色里我独立火车门外，凝望着那幽暗的站台，默默的回忆许多不相连续的过往残片，直到生和死间居然幻成一片模糊，人生和火车似的蜿蜒一串疑问在苍茫间奔驰。我想起你的：

火车禽住轨，在黑夜里奔
过山，过水，过……

如果那时候我的眼泪曾不自主地溢出睫外，我知道你定会原谅我的。你应当相信我不会向悲哀投降，什么时候我都相信倔强地忠于生的，即使人生如你底下所说：

就凭那精窄的两道，算是轨，

驮着这份重，梦一般的累坠！

就在那时候我记得火车慢慢地由站台拖出一程一程的前进，我也随着酸怆的诗意，那“车的呻吟”，“过荒野，过池塘，……过噤口的村庄”。到了第二站——我的一半家乡。

今年又轮到今天这一个日子！世界仍旧一团糟，多少地方是黑云布满着粗筋络望理想的反面猛进，我并不在瞎说，当我写：

信仰只一细炷香，

那点子亮再经不起西风

沙沙的隔着梧桐树吹

朋友，你自己说，如果是你现在坐在我这位子上，迎着这一窗太阳：眼看着菊花影在墙上描画作态；手臂下倚着两叠今早的报纸；耳朵里不时隐隐地听着朝阳门外“打靶”的枪弹声；意识的，潜意识的，要明白这生和死的谜，你又该写成怎样一首诗来，纪念一个死别的朋友？

此时，我却是完全的一个糊涂！习惯上我说，每桩事都像是造物的意旨，归根都是运命，但我明知道每桩事都有我们自己的影子在里面烙印着！我也知道每一个日子是多少机缘巧合凑拢来拼成的图案，但我也疑问其间的排布谁是主宰。据我看来：死是悲剧的一章，生则更是一场悲剧的主干！我们这一群剧中的角色自身性格与性格矛盾；理智与情感两不相容；理想与现实当面冲突，侧面或反面激成悲哀。日子一天一天向前转，昨日和昨日堆垒起来混成一片不可避脱的背景，做成我们周遭的墙壁或气氲，那么结实又那么缥缈，使我们每一人站在每一天的每一个时候里都是那么主要，又是那么渺小无能为！

此刻我几乎找不出一句话来说，因为，真的，我只是个完全的糊涂；感到生和死一样的不可解，不可懂。

但是我却要告诉你，虽然四年了你脱离去我们这共同活动的世界，本身停掉参加牵引事体变迁的主力，可是谁也不能否认，你仍立在我们烟涛渺茫的背景里，间接的是一种力量，尤其是在文艺创造的努力和信仰方面。间接的你任凭自然的音韵，颜色，不时的风轻月白，人的无定律的一切情感，悠断悠续地仍然在我们中间继续着生，仍然与我们共同交织着这生的纠纷，继续着生的理想。你并不离我们太远。你的身影永远挂在这里那里，同你生前一样的飘忽，爱在人家不经意时莅止，带来勇气的笑声也总是那么嘹亮，还有，还有经过你热情或焦心苦吟的那些诗，一首一首仍串着许多人的心旋转。

说到你的诗，朋友，我正要正经地同你再说一些话。你不要不耐烦，这话迟早我们总要说清的。人说盖棺定论，前者早已成了事实，这后者在这四年中，说来叫人难受，我还未曾读到一篇中肯或诚实的论评，虽然对你的赞美和攻讦由你去世后一两周间，就纷纷开始了。但是他们每人手里拿的都不像纯文艺的天秤；有的喜欢你的为人；有的疑问你私人的道德；有的单单尊崇你诗中所表现的思想哲学，有的仅喜爱那些软弱的细致的句子，有的每发议论必须牵涉到你的个人生活之合乎规矩方圆，或断言你是轻薄，或引证你是浮奢豪侈！朋友，我知道你从不介意过这些，许多人的浅陋老实或刻薄处你早就领略过一堆，你不止未曾生过气，并且常常表示怜悯同原谅；你的心情永远是那么洁净；头老抬得那么高；胸中老是那么完整的诚挚；臂上老有那么许多不折不挠的勇气。但是现在的情形与以前却稍稍不同，你自己既已不在这里，做你朋友的，眼看着你被误解，曲解，乃至于谩骂，有时真忍不住替你不平。

但你可别误会我心眼儿窄，把不相干的看成重要，我也知道误解曲解谩骂，都是不相干的，但是朋友，我们谁都需要有人了解我们的时候，真了解了我们，即使是痛下针砭，骂着了我们的弱处错处，那整个的我们却因而更增添了意义，一个作家文艺的总成绩更需要一种就文论文，就艺术论艺术的和平判断。

你在《猛虎集》序中说“世界上再没有比写诗更惨的事”，你却并未说明为什么写诗是一桩惨事，现在让我来个注脚好不好？我看一个人一生为着一个愚诚的倾向，把所感受到的复杂的情绪尝味到的生活，放到自己的理想和信仰的锅炉里烧炼成几句悠扬铿锵的语言（那怕是几声小唱），来满足他自己本能的艺术的冲动，这本来是个极寻常的事。那一个地方那一个时代，都不断有这种人。轮着做这种人的多半是为着他情感来的比寻常人浓富敏锐，而为着这情感而发生的冲动更是非实际的——或不全是实际的——追求，而需要那种艺术的满足而已。说起来写诗的人的动机多么单简可怜，正是如你序里所说“我们都是受支配的善良的生灵”！虽然有些诗人因为他们的成绩特别高厚旷阔包括了多数人，或整个时代的艺术和思想的冲动，从此便在人中间披上神秘的光圈，使“诗人”两字无形中挂着崇高的色彩。这样使一般努力于用韵文表现或描画人在自然万物相交错的情绪思想的，便被人的成见看做夸大狂的旗帜，需要同时代人的极冷酷的讥讪和不信任来扑灭它，以挽救人类的尊严和健康。

我承认写诗是惨淡经营，孤立在人中挣扎的勾当，但是因为我知道太清楚了，你在这上面单纯的信仰和诚恳的尝试，为同业者奋斗，卫护他们情感的愚诚，称扬他们艺术的创造，自己从未曾求过虚荣，我觉得你始终是很逍遥舒畅的。如你自己所说“满头血水”你“仍不曾低头”，你自己相信“一点性灵还在那里挣扎”，“还想在实际生活的重重压迫下透出一些声响来”。

简单地说，朋友，你这写诗的动机是坦白不由自主的，你写诗的态度是诚实，勇敢，而倔强的。这在讨论你诗的时候，谁都先得明了的。

至于你诗的技巧问题，艺术上的造诣，在这新诗仍在彷徨歧路的尝试期间，谁也不能坚决的论断。不过有一桩事我很想提醒现在讨论新诗的人，新诗之由于无条件无形制宽泛到几乎没有一定的定义时代，转入这讨论外形内容，以至于音节韵脚章句意象组织等艺术技巧问题的时期，即是根据着对这方面努力尝试过的那一些诗，你的头两个诗集子就是供给这些讨论见解最多材料的根据。外国的土话说“马总得放在马车的前面”，不是？没有一些尝试的成绩放在那里，理论家是不能老在那里发一堆空头支票的，不是？

你自己一向不止在那里倔强地尝试用功，你还曾用尽你所有活泼的热心鼓励别人尝试，鼓励“时代”起来尝试，——这种工作是最犯风头嫌疑的，也只有你胆子大头皮硬顶得下来！我还记得你要印诗集子时我替你捏一把汗，老实说还替你在有文彩的老前辈中间难为情过，我也记得我初听到人家找你办“晨副”时我的焦急，但你居然板起个脸抓起两把鼓槌子为文艺吹打开路乃至于扫地，铺鲜花，不顾旧势力的非难，新势力的怀疑，你干你的事“事在人为，做了再说”那股子劲，以后别处也还很少见。

现在你走了，这些事渐渐在人的记忆中模糊下来，你的诗和文章也散漫在各小本集子里，压在有极新鲜的封皮的新书后面，谁说起你来，不是麻麻糊糊地承认你是过去中一个势力，就是拿能够挑剔看轻你的诗为本事（散文人家很少提到，或许“散文家”没有诗人那么光荣不值得注意），朋友，这是没法子的事，我却一点不为此灰心，因为我有我的信仰。

我认为我们这写诗的动机既如前边所说那么简单愚诚；因在某一时，或某一刻敏锐地接触到生活上的锋芒，或偶然地触遇到理想峰巅上云彩星霞，不由得不在我们所习惯的语言中，编缀出一两串近于音乐的句子来，慰藉自己，解放自己，去追求超实际的真美，读诗者的反应一定有一大半也和我们这写诗的一样诚实天真，仅想在我们句子中间由音乐性的愉悦，接触到一些生活的底蕴，渗合着美丽的憧憬；把我们的情绪给他们的情绪搭起一座浮桥；把我们的灵感，给他们生活添些新鲜；把我们的痛苦伤心再揉成他们自己忧郁的安慰！

我们的作品会不会长存在下去，也就看它们会不会活在那一些我们从不认识的人，我们作品的读者，散在各时，各处互相不认识的孤单的人的心里的，这种事它自己有自己的定律，并不需要我们的关心的。你的诗据我所知道的，它们仍旧在这里浮沉流落，你的影子也就浓淡参差的系在那些诗句中，另一端印在许多不相识人的心里。朋友，你不要过于看轻这种间接的生存，许多热情的人他们会为着你的存在，而加增了生的意识的。伤心的仅是那些你最亲热的朋友们和同兴趣的努力者，你不在他们中间的事实，将要永远是个不能填补的空虚。

你走后大家就提议要为你设立一个“志摩奖金”来继续你鼓励人家努力诗文的素志，勉强象征你那种对于文艺创造拥护的热心，使不及认得你的青年人永远对你保存着亲热。如果这事你不觉到太寒伧不够热气，我希望你原谅你这些朋友们的苦心，在冥冥之中笑着给我们勇气来做这一些蠢诚的事罢。

二十四年十一月十九日，北平

论中国建筑之几个特征

中国建筑为东方最显著的独立系统；渊源深远，而演进程序简纯，历代继承，线索不紊，而基本结构上又绝未因受外来影响致激起复杂变化者。不止在东方三大系建筑之中，较其它两系——印度及阿拉伯——享寿特长，通行地面特广，而艺术又独臻于最高成熟点。即在世界东西各建筑派系中，相较起来，也是个极特殊的直贯系统。大凡一系建筑，经过悠长的历史，多参杂外来影响，而在结构，布置乃至外观上，常发生根本变化。或循地理推广迁移，因致渐改旧制，顿易材料外观；待达到全盛时期，则多已脱离原始胎形，另具格式。独有中国建筑经历极长久之时间，流布甚广大的地面，而在其最盛期中或在其后代繁衍期中，诸重要建筑物，均始终不脱其原始面目，保存其固有主要结构部分，及布置规模，虽则同时在艺术工程方面，又皆无可置议的进化至极高程度。更可异的是：产生这建筑的民族的历史却并不简单，且并不缺乏种种宗教上，思想上，政治组织上的叠出变化；更曾经多次与强盛的外族或在思想上和平的接触，——（如印度佛教之传入）——，或在实际利害关系上发生冲突战斗。

这结构简单，布置平整的中国建筑初形，会如此的泰然享受几千年繁衍的直系子嗣，自成一个最特殊，最体面的建筑大族，实是一桩极值得研究的现象。

虽然，因为后代的中国建筑，即达到结构和艺术上极复杂精美的程度，外表上却仍呈现出一种单纯简朴的气象，一般人常误会中国建筑根本简陋无甚发展，较诸别系建筑低劣幼稚。

这种错误观念最初自然是起于西人对东方文化的粗忽观察，常作浮躁轻率的结论，以致影响到中国人自己对本国艺术发生极过当的怀疑乃至于鄙薄。好在近来欧美迭出深刻的学者对于东方文化慎重研究，细心体会之后，见解已迥异从前，积渐彻底会悟中国美术之地位及其价值。但研究中国艺术尤其是对于建筑，比较是一种新近的趋势。外人论著关于中国建筑的，尚极少好的贡献，许多地方尚待我们建筑家今后急起直追，搜寻材料考据，作有价值的研究探讨，更正外人的许多隔膜和谬解处。

在原则上，一种好建筑必含有以下三要点：实用；坚固；美观。实用者：切合于当时当地人民生活习惯，适合于当地地理环境。坚固者：不违背其主要材料之合理的结构原则，在寻常环境之下，含有相当永久性的。美观者：具有合理的权衡（不是上重下轻巍然欲倾，上大下小势不能支，或孤耸高峙或细长突出等等违背自然律的状态），要呈现稳重，舒适，自然的外表，更要诚实的呈露全部及部分的功用；不事掩饰，不矫揉造作，勉强堆砌。美观，也可以说，即是综合实用，坚稳，两点之自然结果。中国建筑，不容疑义的，曾经包含过以上三种要素。所谓曾经者，是因为在实用和坚固方面，因时代之变迁已有疑问。近代中国与欧西文化接触日深，生活习惯已完全与旧时不同，旧有建筑当然有许多跟着不适用了。在坚稳方面，因科学发达结果，关于非永久的木料，已有更满意的代替，对于构造亦有更经济精审的方法。

已往建筑因人类生活状态时刻推移，致实用方面发生问题以后，仍然保留着它的纯粹美术的价值，是个不可否认的事实。和埃及的金字塔，希腊的巴瑟农庙（Parthenon）一样，北京的坛，庙，宫，殿，是会永远继续着享受荣誉的，虽然它们本来实际的功用已经完全失掉。纯粹美术价值，虽然可以脱离实用方面而存在，它却绝对不能脱离坚稳合理的结构原则而独立的。因为美的权衡比例，美观上的多少特征，全是人的理智技巧，在物理的限制之下，合理的解决了结构上所发生的种种问题的自然结果。人工创造和天然趋势调和至某程度，便是美术的基本，设施雕饰于必需的结构部分，是锦上添花；勉强结构纯为装饰部分，是画蛇添足，足为美术之玷。

中国建筑的美观方面，现时可以说，已被一般人无条件的承认了。但是这建筑的优点，绝不是在那浅现的色彩和雕饰，或特殊之式样上面，却是深藏在那基本的，产生这美观的结构原则里，及中国人的绝对了解控制雕饰的原理上。我们如果要赞扬我们本国光荣的建筑艺术，则应该就他的结构原则和基本技艺设施方面稍事探讨；不宜只是一味的，不负责任，用极抽象，或肤浅的诗意美谀，披挂在任何外表形式上，学那英国绅士骆斯肯（Ruskin）对高矗式（Gothic）建筑，起劲的唱些高调。

建筑艺术是个在极酷刻的物理限制之下，老实的创作。人类由使两根直柱架一根横楣，而能稳立在地平上起，至建成重楼层塔一类作品，其间辛苦艰难的展进，一部分是工程科学的进境，一部分是美术思想的活动和增富。这两方面是在建筑进步的一个总题之下，同行并进的。虽然美术思想这边，常常背叛他们共同的目标——创造好建筑——脱逾常轨，尽它弄巧的能事，引诱工程方面牺牲结构上诚实原则，来将就外表取巧的地方。在这种情形之下时，建筑本身常被连累，损伤了真的价值。在中国各代建筑之中，也有许多这样证例，所以在中国一系建筑之中的精品，也是极罕有难得的。

大凡一派美术都分有创造，试验，成熟，抄袭，繁衍，堕落，诸期，建筑也是一样。初期作品创造力特强，含有试验性。至试验成功，成绩满意，达尽善尽美程度，则进到完全成熟期。成熟之后，必有相当时期因承相袭，不敢，也不能，逾越已有的则例；这期间常常是发生订定则例章程的时候。再来便是在琐节上增繁加富，以避免单调，冀求变换，这便是美术活动越出目标时。这时期始而繁衍，继则堕落，失掉原始骨干精神，变成无意义的形式。堕落之后，继起的新样便是第二潮流的革命元勋。第二潮流有鉴于已往作品的优劣，再研究探讨第一代的精华所在，便是考据学问之所以产生。

中国建筑的经过，用我们现有的，极有限的材料作参考，已经可以略略看出各时期的起落兴衰。我们现在也已走到应作考察研究的时代了。在这有限的各朝代建筑遗物里，很可以观察，探讨其结构和式样的特征，来标证那时代建筑的精神和技艺，是兴废还是优劣。但此节非等将中国建筑基本原则分析以后，是不能有所讨论的。

在分析结构之前，先要明了的是主要建筑材料，因为材料要根本影响其结构法的。中国主要建筑材料为木，次加砖石瓦之混用。外表上一座中国式建筑物，可明显的分作三大部：台基部分；柱梁部分；屋顶部分。台基是砖石混用。由柱脚至梁上结构部分，直接承托屋顶者则全是木造。屋顶除少数用茅茨，竹片，泥砖之外自然全是用瓦。这三部分——台基，柱梁，屋顶——可以说是我们建筑最初胎形的基本要素。

《易经》里“上古穴居而野处，后世圣人易之以官室，上栋。下宇。以待风雨”。还有《史记》里：“尧之有天下也，堂高三尺……”可见这“栋”“宇”及“堂”（基）在最古建筑里便占定了它们的部位势力。自然最经过繁重发达的是“栋”——那木造的全部，所以我们也要特别注意。

木造结构，我们所用的原则是“架构制”Framing System。在四根垂直柱的上端，用两横梁两横枋周围牵制成一“间架”（梁与枋根本为同样材料，梁较枋可略壮大。在“间”之左右称柁或梁，在间之前后称枋）。再在两梁之上筑起层叠的梁架以支横桁，桁通一“间”之左右两端，从梁架顶上“脊瓜柱”上次第降下至前枋上为止。桁上钉椽，并排栉篦，以承瓦板，这是“架构制”骨干的最简单的说法。

总之“架构制”之最负责要素是：（一）那几根支重的垂直立柱；（二）使这些立柱，互相发生联络关系的梁与枋；（三）横梁以上的构造：梁架，横桁，木缘，及其它附属木造，完全用以支承屋顶的部分。

“间”在平面上是一个建筑的最低单位。普通建筑全是多间的且为单数。有“中间”或“明间”“次间”“稍间”“套间”等称。

中国“架构制”与别种制度（如高矗式之“砌栱制”，或西欧最普通之古典派“垒石”建筑）之最大分别：（一）在支重部分之完全倚赖立柱，使墙的部分不负结构上重责，只同门窗隔屏等，尽相似的义务——间隔房间，分划内外而已。（二）立柱始终保守木质不似古希腊之迅速代之以垒石柱，且增加负重墙，（Bearing wall）致脱离“架构”而成“垒石”制。

这架构制的特征，影响至其外表式样的，有以下最明显的几点：（一）高度无形的受限制，绝不出木材可能的范围。（二）即极庄严的建筑，也是呈现绝对玲珑的外表，结构上既绝不需要坚厚的负重墙，除非故意为表现雄伟的时候，酌量增用外，（如城楼等建筑）任何大建，均不需墙壁堵塞部分。（三）门窗部分可以不受限制；柱与柱之间可以完全安装透光线的细木作——门屏窗牖之类。实际方面，即在玻璃未发明以前，室内已有极充分光线。北方因气候关系，墙多于窗，南方则反是，可伸缩自如。

这不过是这结构的基本方面，自然的特征。还有许多完全是经过特别的美术活动，而成功的超等特色，使中国建筑占极高的美术位置的，而同时也是中国建筑之精神所在。这些特色最主要的便是屋顶，台基，斗拱，色彩和均称的平面布置。

屋顶本是建筑上最实际必需的部分，中国则自古，不殚烦难的，使之尽善尽美。使切合于实际需求之外，又特具一种美术风格。屋顶最初即不止为屋之顶，因雨水和日光的切要实题，早就扩张出檐的部分。使檐突出并非难事，但是檐深则低，低则阻碍光线，且雨水顺势急流，檐下溅水问题因之发生。为解决这个问题，我们发明飞檐，用双层瓦椽，使檐沿稍翻上去，微成曲线。又因美观关系，使屋角之檐加甚其仰翻曲度。这种前边成曲线，四角翘起的“飞檐”，在结构上有极自然又合理的布置，几乎可以说它便是结构法所促成的。

如何是结构法所促成的呢？简单说：例如“院殿”式的屋瓦，共有四坡五脊。正脊寻常称房脊，它的骨架是脊桁。那四根斜脊，称“垂脊”，它们的骨架是从脊桁斜角，下伸至檐桁上的部分，称由戗及角梁。桁上所钉并排的椽子虽像全是平行的，但因偏左右的几根又要同这“角梁平行”，所以椽的部位，乃由真平行而渐斜，像裙裾的开展。

角梁是方的，椽为圆径（有双层时上层便是方的；角梁双层时则仍全是方的）。角梁的木材大小几乎倍于椽子，到椽与角梁并排时，两个的高下不同，以致不能在它们上面铺钉平板，故此必需将椽依次的抬高，令其上皮同角梁上皮平。在抬高的几根椽子底下填补一片三角形木板称“枕头木”。……

这个曲线在结构上几乎不可信的简单和自然，而同时在美观方面不知增加多少神韵。飞檐的美，绝用不着考据家来指点的。不过注意那过当和极端的倾向常将本来自然合理的结构变成取巧和复杂。这过当的倾向，外表上自然也呈出脆弱，虚张的弱点，不为审美者所取，但一般人常以为愈巧愈繁必是愈美，无形中多鼓励这种倾向。南方手艺灵活的地方，过甚的飞檐便是这种证例。外观上虽是浪漫的恣态，容易引诱赞美，但到底不及北方的庄重恰当，合于审美的最真纯条件。

屋顶曲线不止限于挑檐，即瓦坡的全部也不是一片直坡倾斜下来。屋顶坡的斜度是越往上越增加。……

这斜度之由来是依着梁架叠层的加高，这制度称做“举架法”。这举架的原则极其明显，举架的定例也极简单，只是叠次将梁架上瓜柱增高，尤其是要脊瓜柱特别高。

使檐沿作仰翻曲度的方法，在增加第二层檐椽。这层椽甚短只驮在头檐椽上面，再出挑一节。这样则檐的出挑虽加远，而不低下阻蔽光线。

总说起来，历来被视为极特异神秘之屋顶曲线，并没有什么超出结构原则和不自然造作之处，同时在美观实用方面均是非常的成功。这屋顶坡的全部曲线，上部巍然高举，檐部如翼轻展，使本来极无趣，极笨拙的屋顶部，一跃而成为整个建筑的美丽冠冕。

在《周礼》里发现有“上欲尊而宇欲卑；上尊而宇卑，则吐水疾而溜远”之句。这句可谓明晰的写出实际方面之功效。

既讲到屋顶，我们当然还要注意到屋瓦上的种种装饰物。上面已说过，雕饰必是设施于结构部分才有价值，那么我们屋瓦上的脊瓦吻兽又是如何？

脊瓦可以说是两坡相联处的脊缝上一种镶边的办法，当然也有过当复杂的，但是诚实的来装饰一个结构部分，而不肯勉强的来掩饰一个结构枢纽或关节，是中国建筑最长之处。

瓦上的脊吻和走兽，无疑的，本来也是结构上的部分。现时的龙头形“正吻”古称“鸱尾”，最初必是总管“扶脊木”和脊桁等部分的一块木质关键。这木质关键突出脊上，略作鸟形，后来略加点缀竟然刻成鸱鸟之尾，也是很自然的变化。其所以为鸱尾者还带有一点象征意义，因有传说鸱鸟能吐水，拿它放在瓦脊上可制火灾。

走兽最初必为一种大木钉，通过垂脊之瓦，至“由戗”及“角梁”上，以防止斜脊上面瓦片的溜下，唐时已变成两座“宝珠”在今之“戗兽”及“仙人”地位上。后代鸱尾变成“龙吻”，宝珠变成“戗兽”及“仙人”，尚加增“戗兽”“仙人”之间一列“走兽”，也不过是雕饰上变化而已。

并且垂脊上戗兽较大，结束“由戗”一段，底下一列走兽装饰在角梁上面，显露基本结构上的节段，亦甚自然合理。南方屋瓦上多加增极复杂的花样，完全脱离结构上任务纯粹的显示技巧，甚属无聊，不足称扬。

外国人因为中国人屋顶之特殊形式，迥异于欧西各系，早多注意及之。论说纷纷，妙想天开；有说中国屋顶乃根据游牧时代帐幕者，有说象形蔽天之松枝者，有目中国飞檐为怪诞者，有谓中国建筑类儿戏者，有的全由走兽龙头方面，无谓的探讨意义，几乎不值得在此费时反证。总之这种曲线屋顶已经从结构上分析了，又从雕饰设施原则上审察了，而其美观实用方面又显著明晰，不容否认。我们的结论实可以简单的承认它艺术上的大成功。

中国建筑的第二个显著特征，并且与屋顶有密切关系的，便是，“斗栱”部分。最初檐承于椽，椽承于檐桁，桁则架于梁端。此梁端即是由梁架延长，伸出柱的外边。但高大的建筑物出檐既深，单指梁端支持，势必不胜，结果必产生重叠的木“翘”支于梁端之下。但单藉木翘不够担全檐沿的重量，尤其是建筑物愈大，两柱间之距离也愈远，所以又生左右岔出的横“栱”来接受檐桁。这前后的木翘，左右的横栱，结合而成“斗栱”全部。（在栱或翘昂的两端和相交处，介于上下两层栱或翘之间的斗形木块称“枓”。）“昂”最初为又一种之翘，后部斜伸出斗栱后用以支“金桁”。

斗栱是柱与屋顶间的过渡部分。使支出的房檐的重量渐次集中下来直到柱的上面。斗栱的演化，每是技巧上的进步，但是后代斗栱（约略从宋元以后），便变化到非常复杂，在结构上已有过当的部分，部位上也有改变。本来斗栱只限于柱的上面（今称柱头斗），后来为外观关系，又增加一攒所谓“平身科”者，在柱与柱之间。明清建筑上平身科加增到六七攒，排成一列，完全成为装饰品，失去本来功用。“昂”之后部功用亦废除，只余前部形式而已。

不过当复杂的斗栱，的确是柱与檐之间最恰当的关节，集中横展的屋檐重量，到垂直的立柱上面，同时变成檐下一种点缀，可作结构本身变成装饰部分的最好条例。可惜后代的建筑多减轻斗栱的结构上重要，使之几乎纯为奢侈的装饰品，令中国建筑失却一个优越的中坚要素。

斗栱的演进式样和结构限于篇幅不能再仔细述说，只能就它的极基本原则上在此指出它的重要及优点。

斗栱以下的最重要部分，自然是柱，及柱与柱之间的细巧的木作。魁伟的圆柱和细致的木刻门窗对照，又是一种艺术上满意之点。不止如此，因为木料不能经久的原始缘故，中国建筑又发生了色彩的特征。涂漆在木料的结构上为的是：（一）保存木质抵制风日雨水；（二）可牢结各处接合关节；（三）加增色彩的特征。这又是兼收美观实际上的好处，不能单以色彩作奇特繁华之表现。彩绘的设施在中国建筑上，非常之慎重，部位多限于檐下结构部分，在阴影掩映之中。主要彩色亦为"冷色"如青蓝碧绿，有时略加金点。其它檐以下的大部分颜色则纯为赤红，与檐下彩绘正成反照。中国人的操纵色彩可谓轻重得当。设使滥用彩色于建筑全部，使上下耀目辉煌，必成野蛮现象，失掉所有庄严和调谐。别系建筑颇有犯此忌者，更可见中国人有超等美术见解。

至彩色琉璃瓦产生之后，连淡无光的青瓦，都成为片片堂皇的黄金碧玉，这又是中国建筑的大光荣，不过滥用杂色瓦，也是一种危险，幸免这种引诱，也是我们可骄傲之处。

还有一个最基本结构部分——台基——虽然没有特别可议论称扬之处，不过在全个建筑上看来，有如许壮伟巍峨的屋顶，如果没有特别舒展或多层的基座托衬，必显出上重下轻之势，所以既有那特种的屋顶，则必需有这相当的基座。架构建筑本身轻于垒砌建筑，中国又少有多层楼阁，基础结构颇为简陋。大建筑的基座加有相当的石刻花纹，这种花纹的分配似乎是根据原始木质台基而成，积渐施之于石。与台基连带的有石栏，石阶，辇道的附属部分，都是各有各的功用而同时又都是极美的点缀品。

最后的一点关于中国建筑特征的，自然是它的特种的平面布置。平面布置上最特殊处是绝对本均衡相称的原则，左右均分的对峙。这种分配倒并不是由于结构，主要原因是起于原始的宗教思想和形式，社会组织制度，人民俗习，后来又因喜欢守旧仿古，多承袭传统的惯例。结果均衡相称的原则变成中国特有一个固执嗜好。

例外于均衡布置建筑，也有许多。因庄严沉闷的布置，致激起故意浪漫的变化；此类若园庭，别墅，宫苑楼阁者，是平面上极其曲折变幻，与对称的布置正相反其性质。中国建筑有此两种极端相反布置，这两种庄严和浪漫平面之间，也颇有混合变化的实例，供给许多有趣的研究，可以打消西人浮躁的结论，谓中国建筑布置上是完全的单调而且缺乏趣味。但是画廊亭阁的曲折纤巧，也得有相当的限制。过于勉强取巧的人工虽可令寻常人惊叹观止，却是审美者所最鄙薄的。

在这里我们要提出中国建筑上的几个弱点。（一）中国的匠师对木料，尤其是梁，往往用得太费。他们显然不明了横梁载重的力量只与梁高成正比例，而与梁宽的关系较小。所以梁的宽度，由近代的工程眼光看来，往往嫌其太过。同时匠师对于梁的尺寸，因没有计算木力的方法，不得不尽量的放大，用极大的 Factor of safety，以保安全。结果是材料的大靡费。（二）他们虽知道三角形是唯一不变动的几何形，但对于这原则极少应用。

所以中国的屋架，经过不十分长久的岁月，便有倾斜的危险。我们在北平街上，到处可以看见这种倾斜而用砖墙或木柱支撑的房子。不惟如此，这三角形原则之不应用，也是屋梁费料的一个大原因，因为若能应用此原则，梁就可用较小的木料。（三）地基太浅是中国建筑的大病。普通则例规定是台明高之一半，下面再垫上几步灰土。这种做法很不彻底，尤其是在北方，地基若不刨到结冰线（Frost line）以下，建筑物的坚实方面，因地的冻冰，一定要发生问题。好在这几个缺点，在新建筑师的手里，并不成难题。我们只怕不了解，了解之后，要去避免或纠正是很容易的。

结构上细部枢纽，在西洋诸系中，时常成为被憎恶部分。建筑家不惜费尽心思来掩蔽它们。大者如屋顶用女儿墙来遮掩，如梁架内部结构，全部藏入顶篷之内；小者如钉，如合叶，莫不全是要掩藏的细部。独有中国建筑敢袒露所有结构部分，毫无畏缩遮掩的习惯，大者如梁，如椽，如梁头，如屋脊，小者如钉，如合叶，如箍头，莫不全数呈露外部，或略加雕饰，或布置成纹，使转成一种点缀。几乎全部结构各成美术上的贡献。这个特征在历史上，除西方高矗式建筑外，惟有中国建筑有此优点。

现在我们方在起始研究，将来若能将中国建筑的源流变化悉数考察无遗，那时优劣诸点，极明了的陈列出来，当更可以慎重讨论，作将来中国建筑趋途的指导。省得一般建筑家，不是完全遗弃这已往的制度，则是追随西人之后，盲目抄袭中国宫殿，作无意义的尝试。

关于中国建筑之将来，更有特别可注意的一点：我们架构制的原则适巧和现代“洋灰铁筋架”或“钢架”建筑同一道理；以立柱横梁牵制成架为基本。现代欧洲建筑为现代生活所驱，已断然取革命态度，尽量利用近代科学材料，另具方法形式，而迎合近代生活之需求。若工厂，学校，医院，及其他公共建筑等为需要日光便利，已不能仿取古典派之砌制，致多墙壁而少窗牖。中国架构制既与现代方法恰巧同一原则，将来只需变更建筑材料，主要结构部分则均可不有过激变动，而同时因材料之可能，更作新的发展，必有极满意的新建筑产生。

希望不因《软体动物》的公演引出硬体的笔墨官司

八月二日在这刊上，我根据两位小剧院的设计人，关于《软体动物》的“设计”和“幕后”提到的几点困难，不避嫌疑的用技术眼光，讨论起来。公平说，天是这样的热，小剧院这次的公演的成绩又是打破记录的成功，委实不该再“求全责备”有像我那样煞风景的讨论！看到本月九日陈治策先生标题答复我的文字，我怔了，生怕又因此引出真正硬体的笔墨官司，来增加剧界的烦恼，更增加我个人的罪过。

好在陈先生标题虽然有“答复”字样，来得怕人，其实对于我提到诸点，并没有技术上的驳难，也没有准确的答复，只有表示承认和同意，所以现在可不必再提了。他另有几个责问，现在我回答他：

（一）“干吗不牺牲一晚的工夫看一看他们的公演”？

答：因为鄙人是卧病在西山四个来月的一个真正的“软体动物”，没有随便起来的自由，更提不到进城看戏（虽曾提议却被阻止了），这是个人没有眼福，并不是不肯“牺牲一晚的工夫”

（不幸今天报上又误载鄙夫妇参与跳舞盛会的新闻，就此声明省得犯诳言欺人之罪）。

（二）“两次幕后生活”“只是一种趣话”“引人入胜”“可否作为批评根据”？

答：我认为根据设计人员自己说的“设计”和“幕后”来讨论他们的设计和幕后问题是再对没有了。尤其是我所提出讨论的并没有与事实有不符之处，更没有引用别人“口传”关于他们布景的毛病，或是臆造他们公演时，布景上种种的弊病，只是对于他们幕后组织和设计态度上发了疑问。陈先生的“幕后”虽全是些趣话却也呈露出内容真相不少，所以我这不知趣的人也就因此求全责备了的讨论起来。

（三）“你忽略了‘完成了化装排演’这些字了”，又“有些误会”，又“化装排演和正式公演常有天渊的不同呢”。

答：我并未误会他们任何一桩事（陈先生亦未说明误会了些什么），我现在更要郑重声明我并未将他们化装排演误会作正式公演，不止如此，他们正式公演的情景，我知道得很详细，我所以不引用别人报告传说的缘故，就是要公平，要慎重，不敢“根据别人口头传说”。至于化装排演和公演并不该有“天渊之别”是浅而易见的：排演的目的是练习次日公演时所有各方面的布景，试验各种布景之有无弊病以备次日改良的。化装排演太乱，道具与次日公演时用的太不相同，则这化装排演基本功用和意义已失去不少，次日公演的成绩必会受其影响的。

（四）“那篇文章如果是看了之后写的，你一定会批评得对喽”。

答：前篇文章是根据他们设计人的文章写的，差不多全是讨论，无所谓批评。讨论诸点如：1. 布景不该因为有困难而“处处将就”。2. “借”在布景艺术里是常情，不应将这困难看过重了。3. 因为他们本来要白单子而又换了毛毡（深色的）使我对于他们色彩设计怀疑，疑心他们对于色彩调和问题并未顾到；疑心他们对于色彩问题，根本不讲究；疑心他们不理会到寻常白色在台上之不相宜。4.如窗子玻璃等小技巧，他们未曾实验些较妥方法，似乎不算卖尽力气的认真。

这些问题我希望都没有议论错了。陈先生对第二点已完全同意，别的却也未指出我不“对”的地方。

（五）“公平的批评”“成功不成功”问题。

答：我没看到公演，所以我文里第一段即将我的立足点表明了。我说“读到文章……所得印象”……等等。即对于布景也是因为没有看到公演，所以没有胡乱批评一句话。我是根据看过的人不满意的意思（并且公开发表出来的），再根据当事人所述的幕后的确实情形，用技术原则，探讨其所以不满人意的原由。在事前我虽详细的问过八九个对新剧有见识的朋友，他们那一晚对于布景的印象和意见（失望或是满意），我却没有引用这“口头传说”，为的是谨慎，公平。现在陈先生既要“看过那戏的人”公平批评，我只得老实说，他们多人没有称扬只有不满这次布景，是个不能否认的事实。也因此我有“成绩上有失败点”的话（注意点字），这并不是说他们这次公演不算一个总成功。请别“误会”。

其实演新剧最招物议的常常是布景，而新剧的布景也实在不容易讨好。被评论本不算什么一回事，布景人宜早预备下卖力气不怕批评的勇气才好。再说，一新剧本来最负责的人（也就是最易受评论的人）是导演人，这次各方面文章里“导演”两字竟没有人提到，更不说有人评论，这个到底是导演人之幸与不幸还是问题。我承认这次布景上文字，本来只是设计人自己的几句“趣语”，不巧遇着我这样不知趣的人过于认真写了一大篇。俗语说“冤家怕是同行”！不过每件学问的促进常是靠着“同行”的争论的，希望两位设计人特别大量谅解和优容。

（六）关于时间欠从容问题。

严格说，时间是在设计人的预算之内，根本就该从容的，除非有不得已的情形和意外。协和礼堂不能早借，这情形的困苦，我是知道的，并且表十三分的同情。区署不准演的确是意外，如果已办妥应办手续。天下雨却不在例内，“道具”不早借而要等“最后一晚”也未免奇怪。陈先生提到如何大雨不能骑车，折回等情，是否足够做布景不能如愿的阻碍，好像和我上次设下的比喻“起晚了没有买到钉子”相类的不能成立。

末了，天实在是太热，人也很病，我诚意的希望这回不成了笔墨官司，互相答复下去。我的“软体动物”期限一满，不难即和小剧院同人握手的。看守人迫我声明，这是最末次的笔答，不然这官司怕要真打到协和医院的病房里去。

《中国建筑彩绘图案》序

在高大的建筑物上施以鲜明的色彩，取得豪华富丽的效果，是中国古代建筑的重要特征之一，也是建筑艺术加工方面特别卓越的成就之一。彩画图案在开始时是比较单纯的。最初是为了实用，为了适应木结构上防腐防蠹的实际需要，普遍地用矿物原料的丹或朱，以及黑漆桐油等涂料敷饰在木结构上；后来逐渐和美术上的要求统一起来，变得复杂丰富，成为中国建筑装饰艺术中特有的一种方法。例如在建筑物外部涂饰了丹、朱、赭、黑等色的楹柱的上部，横的结构如阑额枋檩上，以及斗栱椽头等主要位置在瓦檐下的部分，画上彩色的装饰图案，巧妙地使建筑物增加了色彩丰富的感觉，和黄、丹或白垩刷粉的墙面，白色的石基、台阶以及栏楯等物起着互相衬托的作用；又如彩画多以靛青翠绿的图案为主，用贴金的线纹，彩色互间的花朵点缀其间，使建筑物受光面最大的豪华的丹朱或严肃的深赭等，得到掩映在不直接受光的檐下的青、绿、金的调节和装饰；再如在大建筑物的整体以内，和它的附属建筑物之间，也利用色彩构成红绿相间或是金朱交错的效果（如朱栏碧柱、碧瓦丹楹或朱门金钉之类），使整个建筑组群看起来辉煌闪烁，借此形成更优美的风格，唤起活泼明朗的韵律感。特别是这种多色的建筑体形和优美的自然景物相结合的时候，就更加显示了建筑物美丽如画的优点，而这种优点，是和彩画装饰的作用分不开的。

在中国体系的建筑艺术中，对于建筑物细致地使用多样彩色加工的装饰技术，主要有两种：一种是“琉璃瓦作”发明之后，应用各种琉璃构件和花饰的形制；另一种就是有更悠久历史的彩画制度。

中国建筑上应用彩画开始于什么年代呢？

在木结构外部刷上丹红的颜色，早在春秋时代就开始了；鲁庄公“丹桓宫之楹，而刻其桷”，是见于古书上关于鲁国的记载的。还有臧文仲“山节藻棁”之说，素来解释为讲究华美建筑在房屋构件上加上装饰彩画的意思。从楚墓出土文物上的精致纹饰看来，春秋时代建筑木构上已经有一些装饰图案，这是很可能的。至于秦汉在建筑内外都应用华丽的装饰点缀，在文献中就有很多的记述了。《西京杂记》中提到“华榱壁珰”之类，还说，“椽榱皆绘龙蛇萦绕其间”和“柱壁皆画云气花卉，山灵鬼怪”。从汉墓汉砖上所见到一些纹饰来推测，上述的龙纹和云纹都是可以得到证实的。此外记载上所提到的另一个方面应该特别注意的，就是绫锦织纹图案应用到建筑装饰上的历史。例如秦始皇咸阳宫“木衣绨绣，土被朱紫”之说，又如汉代宫殿中有“以椒涂壁，被以文绣”的例子。《汉书·贾谊传》里又说：“美者黼绣是古天子之服，今富人大贾嘉会召客者以被墙。”在柱上壁上悬挂丝织品，和在墙壁梁柱上涂饰彩色图画，以满足建筑内部华美的要求，本来是很自然的。这两种方法在发展中合而为一时，彩画自然就会采用绫锦的花纹，作为图案的一部分。在汉砖上，敦煌石窟中唐代边饰上和宋《营造法式》书中，菱形锦纹图案都极常见，到了明清的梁枋彩画上，绫锦织纹更成为极重要的题材了。

南北朝佛教流行中国之时，各处开凿石窟寺，普遍受到西域佛教艺术的影响，当时的艺人匠师，不但大量地吸收外来艺术为宗教内容服务，同时还大胆地将中国原有艺术和外来的艺术相融合，加以应用。在雕刻绘塑的纹饰方面，这时产生了许多新的图案，如卷草花纹、莲瓣、宝珠和曲水万字等等，就都是其中最重要的。

综合秦、汉、南北朝、隋、唐的传统，直到后代，在彩画制度方面，云气、龙凤、绫锦织纹，卷草花卉和万字、宝珠等，就始终都是“彩画作”中最主要和最典型的图案。至于设色方法，南北朝以后也结合了外来艺术的优点。《建康实录》中曾说，南朝梁时一乘寺的门上有据说是名画家张僧繇踩手笔的“凹凸花”，并说：“其花乃天竺遗法，朱及青绿所成，远望眼晕如凹凸，就视即平，世咸异之。”宋代所规定的彩画方法，每色分深浅，并且浅的一面加白粉，深的再压墨，所谓“退晕”的处理，可能就是这种画法的发展。

我们今天所能见到的实物，最早的有乐浪郡墓中彩饰；其次就是甘肃敦煌莫高窟和甘肃天水麦积山石窟中北魏、隋、唐的洞顶，洞壁上的花纹边饰；再次就是四川成都两座五代陵墓中的建筑彩画。现存完整的建筑正面全部和内部梁枋的彩画实例，有敦煌莫高窟宋太平兴国五年（公元九八〇年）的窟廊。辽金元的彩画见于辽宁义县奉国寺，山西应县佛宫寺木塔，河北安平圣姑庙等处。

宋代《营造法式》中所总结的彩画方法，主要有六种：一、五彩遍装；二、碾玉装；三、青绿叠晕棱间装；四、解绿装；五、丹粉刷饰；六、杂间装。工作过程又分为四个程序：一、衬地；二、衬色；三、细色；四、贴金。此外还有“叠晕”和“剔填”的着色方法。应用于彩画中的纹饰有“华纹”“琐纹”“云纹”“飞仙”“飞禽”及“走兽”等几种。“华纹”又分为“九品”，包括“卷草”花纹在内，“琐纹”即“锦纹”，分有六品。

明代的彩画实物，有北京东城智化寺如来殿的彩画，据建筑家过去的调查报告，说是：“彩画之底甚薄，各材刨削平整，故无披麻捉灰的必要，梁枋以青绿为地，颇雅素，青色之次为绿色，两色反复间杂，一如宋、清常则；其间点缀朱金，鲜艳醒目，集中在一二处，占面积极小，不以金色作机械普遍之描画，且无一处利用白色为界线，乃其优美之主因。”调查中又谈到智化寺梁枋彩画的特点，如枋心长为梁枋全长的四分之一，而不是清代的三分之一；旋花作狭长形而非整圆，虽然也是用一整二破的格式。又说枋心的两端尖头不用直线，“尚存古代萍藻波纹之习”。

明代彩画，其他如北京安定门内文承相祠檐枋，故官迎瑞门及永康左门琉璃门上的额枋等，过去都曾经有专家测绘过。虽然这些彩画构图规律和智化寺同属一类，但各梁上旋花本身和花心、花瓣的处理，都不相同，且旋花大小和线纹布局的疏密，每处也各不相同。花纹区划有细而紧的和叶瓣大而爽朗的两种，产生极不同的效果。全部构图创造性很强，极尽自由变化的能事。

清代的彩画，继承了过去的传统，在取材上和制作方法上有了新的变化，使传统的建筑彩画得到一定的提高和发展。从北京各处宫殿、庙宇、庭园遗留下来制作严谨的许多材料来看，它的特点是复杂绚烂，金碧辉煌，形成一种眩目的光彩，使建筑装饰艺术达到一个新的高峰。某些主要类型的彩画，如“和玺彩画”和“旋子彩画”等，都是规格化了的彩画装饰构图，这样，在装饰任何梁枋时就便于保持一定的技术水平，也便于施工；并使徒工易于掌握技术。但是，由于这种规格化十分严格地制定了构图上的分划和组合，便不免限制了彩画艺人的创造能力。虽然细节花纹可以作若干变化，但这种过分标准化的构图规定是有它的缺点的。在研究清式的建筑彩画方面，对于“和玺彩画”“旋子彩画”以及庭园建筑上的“苏式彩画”，过去已经作了不少努力，进行过整理和研究，本书的材料，便是继续这种研究工作所作的较为系统的整理；但是，应该提出的是：清代的彩画图案是建筑装饰中很丰富的一项遗产，并不限于上面三类彩画的规制。现存清初实物中，还有不少材料有待于今后进一步的发掘和整理，特别是北京故宫保和殿的大梁，乾隆花园佛日楼的外檐，午门楼上的梁架等清代早期的彩画，都不属于上述的三大类，便值得注意。因此，这种整理工作仅是一个开始，一方面，为今后的整理工作提供了材料；一方面，许多工作还等待继续进行。

本书是由北京文物整理委员会聘请北京彩画界老艺人刘醒民同志等负责绘制的，他们以长期的实践经验，按照清代乾隆时期以后流行的三大类彩画规制所允许的自由变化，把熟练的花纹作不同的错综，组合成许多种的新样式。细部花纹包括了清代建筑彩画图案的各种典型主题，如夔龙、夔凤、卷草、西番莲、升龙、坐龙，及各种云纹、草纹，保存了丰富的清代彩画图案中可宝贵的材料。有些花纹组织得十分繁密匀称，尤其难得。但在色彩上，因为受到近代常用颜料的限制，色度强烈，有一些和所预期的效果不相符，如刺激性过大或白粉量太多之处。也有些在同一处额枋上纹饰过于繁复，在总体上表现一致性不强的缺点。

总之，这一部彩画图案，给建筑界提出了学习资料，但在实际应用时，必须分析它的构图、布局、用色、设计和纹饰线路的特点，结合具体的用途，变化应用；并且需要在原有的基础上，从现实生活的需要出发，逐渐创作出新的彩画图案。因此，务必避免抄袭或是把它生硬地搬用到新的建筑物上，不然便会局限了艺术的思想性和创造性。本集彩画中每种图案，可说都是来自历史上很早的时期，如云气、龙纹、卷草、番莲等，在长久的创作实践中都曾经过不断的变化、不断的发展；美术界和建筑界应当深刻地体会彩画艺术的传统，根据这种优良的传统，进一步地灵活应用，变化提高，这就是我们的创作任务。这本集子正是在这方面给我们提供了珍贵的与必要的参考。

谈北京的几个文物建筑

北京是中国——乃至全世界——文物建筑最多的城市。城中极多的建筑物或是充满了历史意义，或具有高度艺术价值。现在全国人民都热爱自己的首都，而这些文物建筑又是这首都可爱的内容之一，人人对它们有浓厚的兴趣，渴望多认识多了解它们，自是意中的事。

北京的文物建筑实在是太多了，其中许多著名而已为一般人所熟悉的，这里不谈；现在笔者仅就一些著名而比较不受人注意的，和平时不著名而有特殊历史和艺术上价值的提出来介绍，以引起人们对首都许多文物更大的兴趣。

还有一个事实值得我们注意的，笔者也要在此附笔告诉大家。那就是：丰富的北京历代文物建筑竟是从来没有经过专家或学术团体做过有系统的全面调查研究，现在北京的文物还如同荒山丛林一样等待我们去开发。关于许许多多文物建筑和园林名胜的历史沿革，实测图说，和照片、模型等可靠资料都极端缺乏。

在这种调查研究工作还不能有效地展开之前，我们所能知道的北京资料是极端散漫而不足的，笔者不但限于资料，也还限于自己知识的不足，所以所能介绍的文物仅是一鳞半爪，希望抛砖引玉，藉此促起熟悉北京的许多人们将他们所知道的也写出来——大家来互相补充彼此对北京的认识。

天安门前广场，和千步廊的制度

北京的天安门广场，这个现在中国人民最重要的广场，在前此数百年中，主要只供封建帝王一年一度祭天时出入之用。一九一九年“五四”运动爆发，中国人民革命由这里开始，这才使这广场成了政治斗争中人民集中的地点。到了三十年后的十月一日中国人民伟大英明的领袖毛泽东主席在天安门楼上向全世界昭告中华人民共和国的成立，这个广场才成了我们首都最富于意义的地点。天安门已象征着我们中华人民共和国，成为国徽中主题，在五星下放出照耀全世界的光芒，更是全国人民所热爱的标志，永在人们眼前和心中了。

这样人人所熟悉，人人所尊敬热爱的天安门广场本来无须再来介绍，但当我们提到它体型风格这方面和它形成的来历时，还有一些我们可以亲切地谈谈的。我们叙述它的过去，也可以讨论它的将来各种增建修整的方向。

这个广场的平面是作“丁”字形的。“丁”字横划中间，北面就是那楼台峋峙规模宏壮的天安门。楼是一横列九开间的大殿，上面是两层檐的黄琉璃瓦顶，檐下丹楹藻绘，这是典型的、秀丽而兼严肃的中国大建筑物的体形。上层瓦坡是用所谓“歇山造”的格式。这就是说它左右两面的瓦坡，上半截用垂直的“悬山”，下半截才用斜坡，和前后的瓦坡在斜脊处汇合。这个做法同太和殿的前后左右四个斜坡的“庑殿顶”，或称“四阿顶”的是不相同的。“庑殿顶”气魄较雄宏，“歇山顶”则较挺秀，姿势错落有致些。天安门楼台本身壮硕高大，朴实无华，中间五洞门，本有金钉朱门，近年来常年洞开，通入宫城内端门的前庭。

广场“丁”字横划的左右两端有两座砖筑的东西长安门。每座有三个券门，所以通常人们称它们为“东西三座门”。这两座建筑物是明初遗物。体型比例甚美，材质也朴实简单。明的遗物中常有纯用砖筑，饰以着色琉璃砖瓦较永远性的建筑物，这两门也就是北京明代文物中极可宝贵的。它们的体型在世界古典建筑中也应有它们的艺术地位。这两门同“丁”字直划末端中华门（也是明建的）鼎足而三，是广场的三个入口，也是天安门的两个掖卫与前哨，形成“丁”字各端头上的重点。

全场周围绕着覆着黄瓦的红墙，铺着白石的板道。此外横亘场的北端的御河上还有五道白石桥和它们上面雕刻的栏杆，桥前有一双白石狮子，一对高达八公尺的盘龙白石华表。这些很简单的点缀物，便构成了这样一个伟大的地方。全场的配色限制在红色的壁面，黄色的琉璃瓦，带米白色的石刻和沿墙一些树木。这样以纯红、纯黄、纯白的简单的基本颜色来衬托北京蔚蓝的天空，恰恰给人以无可比拟的庄严印象。

中华门以内沿着东西墙，本来有两排长廊，约略同午门前的廊子相似，但长得多。这两排廊子正式的名称叫做“千步廊”，是皇宫前很美丽整肃的一种附属建筑。这两列千步廊在庚子年毁于侵略军队八国联军之手，后来重修的，工程恶劣已于民国初年拆掉，所以只余现在的两道墙。如果条件成熟，将来我们整理广场东西两面建筑之时，或者还可以恢复千步廊，增建美好的两条长长的画廊，以供人民游息。廊屋内中便可布置有文化教育意义的短期变换的展览。

这所谓千步廊是怎样产生的呢？谈起来，它的来历与发展是很有意思的。它的确是街市建设一种较晚的格式与制度，起先它是宫城同街市之间的点缀，一种小型的“绿色区”。金、元之后才被统治者拦入皇宫这一边，成为宫前禁地的一部分，而把人民拒于这区域之外。

据我们所知道的汉、唐的两京，长安和洛阳，都没有这千步廊的形制。但是至少在唐末与五代城市中商业性质的市廊却是很发展的。长列廊屋既便于存贮来往货物，前檐又可以遮蔽风雨以便行人，购售的活动便都可以得到方便。商业性质的廊屋的发展是可以理解的，它的普遍应用是由于实际作用而来。至今地名以廊为名而表示商区性质的如南京的估衣廊等等是很多的。实际上以廊为一列店肆的习惯，则在今天各县城中还可以到处看到。

当汴梁（今开封）还不是北宋的首都以前，因为隋开运河，汴河为其中流，汴梁已成了南北东西交通重要的枢纽，为一个商业繁盛的城市。南方的“粮斛百货”都经由运河入汴，可达到洛阳长安。所以是“自江淮达于河洛，舟车辐辏”而被称为雄郡。城的中心本是节度使的郡署，到了五代的梁朝将汴梁改为陪都，才创了宫殿。但这不是我们的要点，汴梁最主要的特点是有四条水道穿城而过，它的上边有许多壮美的桥梁，大的水道汴河上就有十三道桥，其次蔡河上也有十一道，所以那里又产生了所谓“河街桥市”的特殊布局。商业常集中在桥头一带。

上边说的汴州郡署的前门是正对着汴河上一道最大的桥，俗称“州桥”的。它的桥市当然也最大，郡署前街两列的廊子可能就是这种桥市。到北宋以汴梁为国都时，这一段路被称为“御街”，而两边廊屋也就随着被称为御廊，禁止人民使用了。据《东京梦华录》记载：宫门宣德门南面御街约阔三百余步，两边是御廊，本许市人买卖其间，自宋徽宗政和年号之后，官司才禁止的。并安立黑漆舣子在它前面，安朱漆舣子两行在路心，中心道不得人马通行。行人都拦在朱舣子以外，舣内有砖石砌御沟水两道，尽植莲荷，近岸植桃李梨杏杂花，“春夏之月望之如绣”。商业性质的市廊变成“御廊”的经过，在这里便都说出来了。由全市环境的方面看来，这样地改变了嘈杂商业区域成为一种约略如广场的修整美丽的风景中心，不能不算是一种市政上的改善。且人民还可以在朱舣子外任意行走，所谓御街也还不是完全的禁地。到了元宵灯节，那里更是热闹。成为大家看灯娱乐的地方。宫门宣德楼前的“御街”和“御廊”对着汴河上大洲桥显然是宋东京部署上一个特色。此后历史上事实证明这样一种壮美的部署被金、元抄袭，用在北京，而由明清保持下来成为定制。

金人是文化水平远比汉族落后的游牧民族，当时以武力攻败北宋懦弱无能的皇室后，金朝的统治者便很快地要摹仿宋朝的文物制度，享受中国劳动人民所累积起来的工艺美术的精华，尤其是在建筑方面。金朝是由一一四九年起开始他们建筑的活动，迁都到了燕京，称为中都，就是今天北京的前身，在宣武门以西越出广安门之地，所谓“按图兴修宫殿”，“规模宏大”，制度“取法汴京”，就都是慕北宋的文物，蓄意要接受它的宝贵遗产与传统的具体表现。“千步廊”也就是他们所爱慕的一种建筑传统。

金的中都自内城南面天津桥以北的宣阳门起，到宫门的应天楼，东西各有廊二百余间，中间驰道宏阔，两旁植柳。当时南宋的统治者曾不断遣使到“金庭”来，看到金的“规制堂皇，仪卫华整”写下不少深刻的印象。他们虽然曾用优越的口气说金的建筑殿阁崛起不合制度，但也不得不承认这些建筑“工巧无遗力”。其实那一切都是我们民族的优秀劳动人民勤劳的创造，是他们以生命与血汗换来的，真正的工作是由于“役民伕八十万，兵伕四十万”并且是“作治数年，死者不可胜计”的牺牲下做成的。当时美好的建筑都是劳动人民的果实，却被统治者所独占。北宋时代商业性的市廊改为御廊之后，还是市与宫之间的建筑，人民还可以来往其间。到了金朝，特意在宫城前东西各建二百余间，分三节，每节有一门，东向太庙，西向尚书省，北面东西转折又各有廊百余间，这样的规模，已是宫前门禁森严之地，不再是老百姓所能够在其中走动享受的地方了。

到了元的大都记载上正式的说，南门内有千步廊，可七百步，建灵星门，门内二十步许有河，河上建桥三座名周桥。汴梁时的御廊和州桥，这时才固定地称做“千步廊”和“周桥”，成为宫前的一种格式和定制，将它们从人民手中掳夺过去，附属于皇宫方面。

明清两代继续用千步廊作为宫前的附属建筑。不但午门前有千步廊到了端门，端门前东西还有千步廊两节，中间开门，通社稷坛和太庙。当一四一九年将北京城向南展拓，南面城墙由现在长安街一线南移到现在的正阳门一线上，端门之前又有天安门，它的前面才再产生规模更大而开展的两列千步廊到了中华门。这个宫前广庭的气魄更超过了宋东京的御街。

这样规模的形制当然是宫前一种壮观，但是没有经济条件是建造不起来的，所以终南宋之世，它的首都临安的宫前再没有力量继续这个美丽的传统，而只能以细沙铺成一条御路。而御廊格式反是由金、元两代传至明、清的，且给了“千步廊”这个名称。

我们日后是可能有足够条件和力量来考虑恢复并发展我们传统中所有美好的体型的。广场的两旁也是可以建造很美丽的长廊的。当这种建筑环境不被统治者所独占时，它便是市中最可爱的建筑型类之一，有益于人民的精神生活。正如层塔的峋峙，长廊的周绕也是最代表中国建筑特征的体型。用于各种建筑物之间它是既有实用，而又美丽的。

团城——古代台的实例

北海琼华岛是今日北京城的基础，在元建都以前那里是金的离宫，而元代将它作为宫城的中心，称做万寿山。北海和中海为太液池。团城是其中又特殊又重要的一部分。

元的皇官原有三部分，除正中的“大内”外，还有兴圣官在万寿山之正西，即今北京图书馆一带。兴圣宫之前还有隆福官。团城在当时称为“瀛洲圆殿”，也叫仪天殿，在池中一个圆坻上。换句话说，它是一个岛，在北海与中海之间。岛的北面一桥通琼华岛（今天仍然如此），东面一桥同当时的“大内”连络，西面是木桥，长四百七十尺，通兴圣官，中间辟一段，立柱架梁在两条船上才将两端连接起来，所以称吊桥。当皇帝去上都（察哈尔省多伦附近）时，留守官则移舟断桥，以禁往来。明以后这桥已为美丽的石造的金鳌玉蛛桥所代替，而团城东边已与东岸相连，成为今日北海公园门前三座门一带地方。所以团城本是北京城内最特殊、最秀丽的一个地点。现今的委曲地位使人不易感觉到它所曾处过的中心地位。在我们今后改善道路系统时是必须加以注意的。

团城之西，今日的金鳌玉蛛桥是一条美丽的石桥，正对团城，两头各立一牌楼，桥身宽度不大，横跨北海与中海之间，玲珑如画，还保有当时这地方的气氛。但团城以东，北海公园的前门与三座门间，曲折迫隘，必须加宽，给团城更好的布置，才能恢复它周围应有的衬托。到了条件更好的时候，北海公园的前门与围墙，根本可以拆除，团城与琼华岛间的原来关系，将得以更好地呈现出来。过了三座门，转北转东，到了三座门大街的路旁，北面隈小庞杂的小店面和南面的筒子河太不相称；转南至北长街北头的路东也有小型房子阻挡风景，尤其是没有道理，今后一一都应加以改善。尤其重要的，金鳌玉蛛桥虽美，它是东西城间重要交通孔道之一，桥身宽度不足以适应现代运输工具的需要条件，将来必须在桥南适当地点加一道横堤来担任车辆通行的任务，保留桥本身为行人缓步之用。堤的形式绝不能同桥梁重复，以削弱金鳌玉蛛桥驾凌湖心之感，所以必须低平和河岸略同。将来由桥上俯瞰堤面的“车马如织”，由堤上仰望桥上行人则“有如神仙中人”，也是一种奇景。我相信很多办法都可以考虑周密计划得出来的。

此外，现在团城的格式也值得我们注意。台本是中国古代建筑中极普通的类型。从周文王的灵台和春秋秦汉的许多的台，可以知道它在古代建筑中是常有的一种，而在后代就越来越少了。古代的台大多是封建统治阶级登临游宴的地方，上面多有殿堂廊庑楼阁之类，曹操的铜雀台就是杰出的一例。据作者所知，现今团城已是这种建筑遗制的唯一实例，故极可珍贵。现在上面的承光殿代替了元朝的仪天殿，是一六九〇年所重建。殿内著名的玉佛也是清代的雕刻。殿前大玉瓮则是元世祖忽必烈“特诏雕造”，本来是琼华岛上广寒殿的“寿山大玉海”，殿毁后失而复得，才移此安置。这个小台是同琼华岛上的大台遥遥相对。它们的关系是很密切的，所以在下文中我们还要将琼华岛一起谈到的。

北海琼华岛白塔的前身

北海的白塔是北京最挺秀的突出点之一，为人人所常能望见的。这塔的式样属于西藏化的印度窣堵坡。元以后北方多建造这种式样。我们现在要谈的重点不是塔而是它的富于历史意义的地址。它同奠定北京城址的关系最大。

本来琼华岛上是一高台，上面建着大殿，还是一种古代台的形制。相传是辽萧太后所居，称“妆台”。换句话说，就是在辽的时代所还保持着的唐的传统。金朝将就这个卓越的基础和北海中海的天然湖沼风景，在此建筑有名的离宫——大宁宫。元世祖攻入燕京时破坏城区，而注意到这个美丽的地方，便住这里大台之上的殿中。

到了元筑大都，便依据这个宫苑为核心而设计的。就是上文中所已经谈到的那鼎足而立的三个宫；所谓“大内”兴圣宫，和隆福宫，以北海中海的湖沼（称太液池）做这三处的中心，而又以大内为全个都城的核心。忽必烈不久就命令重建岛上大殿，名为广寒殿。上面绿荫清泉，为避暑胜地。马可波罗（意大利人）在那时到了中国，得以见到，在他的游记中曾详尽地叙述这清幽伟丽奇异的宫苑台殿，说有各处移植的奇树，殿亦作翠绿色，夏日一片清凉。

明灭元之后，曾都南京，命大臣来到北京毁元旧都。有萧洵其人随着这个“破坏使团”而来，他遍查元故宫，心里不免爱惜这样美丽的建筑精华，要遭到无情的破坏，所以一切他都记在他所著的《元故宫遗录》中。

据另一记载（《日下旧闻考》引《太岳集》），明成祖曾命勿毁广寒殿。到了万历七年（一五七九年）五月“忽自倾圮，梁上有至元通宝的金钱等”。其实那时据说瓦壁已坏，只存梁架，木料早已腐朽，危在旦夕，当然容易忽自倾圮了。

现在的白塔是清初一六五一年——即广寒殿倾圮后七十三年，在殿的旧址上建立的。距今又整整三百年了。知道了这一些发展过程，当我们遥望白塔在朝阳夕照之中时，心中也有了中国悠久历史的丰富感觉，更珍视各朝代中人民血汗所造成的种种成绩。所不同的是当时都是被帝王所占有的奢侈建设，当他们对它厌倦时又任其毁去，而从今以后，一切美好的艺术果实就都属于人民自己，而我们必尽我们的力量永远加以保护。

达·芬奇——具有伟大远见的建筑工程师[①]

《最后的晚餐》和《蒙娜丽莎》像，这两幅文艺复兴全盛时期的名画，是每一个艺术学生所认识的杰作，因此每一个艺术学生都熟识它们的作者——伟大的辽奥纳多·达·芬奇的名字。他不但是杰出的艺术家，而且是杰出的科学家。

达·芬奇青年时期的环境是意大利手工业生产最旺盛的文化发达的佛罗伦萨，他居留过十余年的米兰是以制造钢铁器和丝织著名的工业大城。从早年起，对于任何工作，达·芬奇就是不断地在自然现象中寻找规律，要在实践中认识真理，提高人的力量来克服自然，使它为生活服务。他反对当时教会的迷信愚昧，也反对当时学究们的抽象空洞的推论。他认为“不从实验中产生的科学都是空的、错误的；实验是一切真实性的源泉”，并说：“只会实行而没有科学的人，正如水手航海而没有舵和指南针一样。实践必须永远以健全的理论为基础。”他一生的工作都是依据了这样的见解而进行的。

关于达·芬奇在艺术和自然科学方面的贡献，已有很多专

① 初刊于一九五二年五月三日《人民日报》，署名梁思成、林徽因。

文，本文只着重介绍他在土木工程和建筑范围内所进行的活动和所主张的方向。

在建筑方面，达·芬奇同他的前后时代大名鼎鼎的建筑师们是不相同的。虽然他的名字常同文艺复兴大建筑师们相提并列，但他并没有一个作品如教堂或大厦之类留存到今天（除却一处在法国布洛阿宫尚无法证实而非常独特的螺旋楼梯之外）。不但如此，研究他的史料的人都还知道他的许多设计，几乎每个都不曾被采用；而部分接受他的意见的工程，今天或已不存在或无确证可以证明那一部分曾用过他的设计或建议的。但是他在工程和建筑方面的实际影响又是不可否认的。在他同时代和较晚的纪录上，他的建筑师地位总是受到公认的。这问题在那里呢？在于他的建筑上和工程上的见解，和他的其它许多贡献一样，是远远地走在时代的前面的先驱者的远见。他的许多计划之所以不能实现，正是因为它们远远超过了那时代的社会制度和意识，超过了当时意大利封建统治者的短视和自私自利的要求，为他们所不信任，所忽视或阻挠。当时的许多建筑设计，由指派建筑师到选择和决定，大都是操在封建贵族手中的。而在同行之间，由于达·芬奇参加监修许多的工程和竞选过设计，且做过无数草图和建议，他的杰出的理论和方法，独创的发明，就都传播了很大的影响。

达·芬奇是在画师门下学习绘画的，但当时的画师常擅长雕刻，并且或能刻石，或能铸铜，又常须同建筑师密切合作，自已多半也都是能作建筑设计的建筑师。他们都是一切能自己动手的匠师。在这样的时代里成长的达·芬奇，他的才艺的多面性本不足惊奇，可异的是在每一部分的工作中，他的深人的理解和全面性的发展都是他的后代在数十年的乃至数世纪中，汇集了无数人的智慧才逐渐达到的。而他却早就有远见地、勇敢地摸索前进，不断地研究、尝试和计划过。

达·芬奇对建筑工程的理解是超过一般人局限于单座建筑物的形式部署和建造的。虽然在达·芬奇的时代，最主要建筑活动是设计穹隆顶的大教堂和公侯的府邸等，以艺术的布局和形式为重点，且以雕石、刻像的富丽装璜为主要工作；但达·芬奇所草拟过的建筑工程领域却远超过这个狭隘的范围。他除了参加竞赛设计过教堂建筑，如米兰和帕维亚大教堂、佛罗伦萨的圣罗伦索的立面等：监修过米兰的堡垒和公爵府内部；设计并负责修造过小纪念室和避暑庄园中小亭子之外，他所自动提出的建筑设计的范围极广，种类很多，且主要都是以改善生活为目标的。例如他尽心地设计改善卫生的公厕和马厩；设计并详尽地绘制了后来在荷兰才普遍的水力风车的碾房的图样；他建议设计大量标准工人住宅；他做了一个志在消除拥挤和不卫生环境的庞大的米兰城改建的计划：他曾设计并监修过好几处的水利工程、灌溉水道，最重要的，如佛罗伦萨和比萨之间的运河。他为阿尔诺河绘制过美丽而详细的地图，建议控制河的上下游，以便利许多可以利用水力作为发动力的工业：他充满信心地认为这是可以同时繁荣沿河几个城市的计划。这个策划正是今天最进步的计划经济中的“区域计划”的先声。

都市计划和区域计划都是达·芬奇去世四百多年以后，二十世纪的人们才提出解决的建筑问题。他的计划就是在现在也只有在先进的社会主义国家里才有力量认真实行和发展的。在十五十六世纪的年代里，他的一切建筑工程计划或不被采用，或因得不到足够和普遍的支持，半途而废，是可以理解的。但达·芬奇一生并不因计划受挫，或没有实行，而失掉追求真理和不断作理智策划的勇气。直到他的晚年，在逝世以前，他在法国还做了鲁尔河和宋河间运河的计划，且目的在灌溉、航运、水力三方面的利益。对于改造自然，和平建设，他是具有无比信心的。

达·芬奇的都市计划的内容中，项目和方向都是正确的，它是由实际出发，解决最基本的问题的。虽受当时的社会制度和条件的限制，但主要是要消除城市的拥挤所造成的疾病、不卫生、不安宁和不愉快的环境。公元一四八四——一四八六年间米兰鼠疫猖狂的教训，使他草拟了他的改建米兰的计划。达·芬奇大胆地将米兰分划为若干区，为减少人口的密度，喧哗嘈杂，疾病的传播，恶劣的气味，和其它不卫生情形，他建议建造十个城区，每城区房屋五千，人口三万。他建议把城市建置在河岸或海边，以便设置排泄污水垃圾的暗沟系统，利用流水冲洗一切脏垢到河内。他建议设置街巷上的排水明沟和暗沟衔接，以免积存雨水和污物：建造规格化的工人住宅，建造公厕，改革市民的不卫生的习惯，注意烟囱的构造，将烟和臭气驱逐出城；且为保证市内空气和阳光，街道的宽度和房屋的高度要有一定的比例。在十五世纪、十六世纪间，都市建设的重点在防御工程，城市的本身往往被视为次要的附属品，达·芬奇生在意大利各城市时常受到统治者之间争夺战威胁的时代，他的职务很多次都是监修堡垒，加固防御工程，但他所关心的却是城市本身和平居民的生活。但当时愚昧自私的卢多维柯是充耳不闻，无心接受这种建议的。

对于建筑工业的发展方向，达·芬奇也有预见。近代的“预制房屋”，他就曾做过类似的建议。当他在法国乡镇的时候，木材是那里主要的建筑材料，因为是夏天行宫所在，有大量房屋的需要，他曾建议建造可移动的房屋，各部分先在城市作坊中预制，可以运至任何地点随时很快地制置起来。

达·芬奇的“区域计划”的例子，是修建佛罗伦萨和比萨之间的运河他估计到这个水利工程可以繁荣那一带好几个城镇，如普拉图，皮斯托亚，比萨，佛罗伦萨本身，乃至于卢卡。他相信那是可以促进许多工业生产的措施，因此他不但向地方行政负责方面建议，同时他也劝告工商行会给予支持。尤其是毛织业行会，它是佛罗伦萨最主要工业之一。达·芬奇认为还有许许多多手工业作坊都可以沿河建置，以利用水的动力，如碾坊、丝织业作坊、窑业作坊、镕铁、磨刀、做纸等作坊。他还特别提到纺丝可以给上百的女工以职业。用他自己的话说：“如果我们能控制阿尔诺河的上下游，每个人，如果他要的话，在每一公顷的土地上都可以得到珍宝。”他曾因运河中段地区有一处地势高起，设计过在不同高度的水平上航行的工程计划。十六世纪的传记家伐莎利说，达·芬奇每天都在制图或作模型，说明如何容易地可以移山开河！这正说明这位天才工程师是如何地确信人的力量能克服自然，为更美好的生活服务。这就是我们争取和平的人们要向他学习的精神。

此外，达·芬奇对个别建筑工程见解的正确性也应该充分提到。他在建筑的体形组织的艺术性风格之外，还有意识地着重建筑工程上两个要素。一是工具效率对于完善工程的重要；一是建筑的坚固和康健必须依赖自然科学知识的充实。这是多么正确和进步的见解。关于工具的重视，例如他在米兰的初期，正在作斯佛尔查铜像时，每日可以在楼上望见正在建造而永远无法完工的米兰大教堂，他注意到工人搬移石像、起运石柱的费力，也注意到他们木工用具效率之低，于是时常在他手稿上设计许多工具的图样，如掘地基和起石头的器具，铲子、锥子、搬土的手推车等等。十多年后，当他监修运河工程时，他观察到工人每挖一铲土所需要的动作次数，计算每工两天所能挖的土方。他自己设计了一种用牛力的挖土升降机，计算它每日上下次数和人工作了比较。这种以精确数字计算效率是到了近代才应用的方法，当时达·芬奇却已了解它在工程中的重要了。

关于工程和建筑的关系，他对于建筑工程的看法可以从他给米兰大教堂负责人的信中一段来代表他的见解。信中说："就如同医生和护士需要知道人和生命和健康的性质，知道各种因素之平衡与和谐保持了人和生命和健康，或是各种因素之不和谐危害并毁灭它们一样……同样的，这个有病的教堂也需要这一切，它需要一个'医生建筑师'，他懂得一个建筑物的性质，懂得正确建造方法所须遵守的法则，以及这些法则的来源与类别，和使一座建筑物存在并能永久的原因。"他是这样地重视"医生建筑师"，而所谓"医生建筑师"的任务则是他那不倦地追求自然规律的精神。

在建筑的艺术作风方面，达·芬奇是在"哥特"建筑末期，古典建筑重新被发现被采用的时代，他的设计是很自然地把哥特结构的基础和古典风格相结合。他的作风因此非常近似于拜占庭式的特征——那个古典建筑和穹隆顶结合所产生的格式，以小型的穹隆顶村托中心特大的穹隆圆顶。在豪放和装饰性方面，达·芬奇所倾向的风格都不是古罗马所曾有，也不同于后来文艺复兴的典型作风。例如他在米兰教堂和帕维亚教堂的设计中所拟的许多稿图，把各种可能的结合和变化都尝试了。他强调正十字形的平面，所谓“希腊十字形”，而避免前部较长的“拉丁十字形”的平面。他明白正十字形平面更适合于穹隆顶的应用，无论从任何一面都可以瞻望教堂全部的完整性，不致被较长的一部所破坏。今天罗马圣彼得教堂就是因前部的过分扩充而受到损失的。达·芬奇在教堂设计的风格上，显示出他对体形组织也是极端敏感并追求完美的。至于他的幻想力的充沛，对结构原理的谙熟，就表现在戏剧布景、庆贺的会场布置和庭园部署等方面。他所做过的卓越的设计，许多曾是他所独创，而且是引导出后代设计的新发展。如果在法国布洛阿宫中的螺旋楼梯确是他所设计，我们更可以看出他对于螺旋结构的兴趣和他的特殊的作风；但因证据不足，我们不能这样断定。他在当时就设计过一个铁桥，而铁桥是到了十八世纪末叶在英国才能够初次出现。凡此种种都说明他是一个建筑和工程的天才；建筑工程界的先进的巨人。

和他的许多方面一样，达·芬奇在建筑工程的领域中，有着极广的知识和独到的才能。不断观察自然、克服自然、永有创造的信心，是他一贯的精神。他的理想和工作是人类文化的宝藏。这也就足以说明为什么在今天争取和平的世界里，我们要热烈地纪念他。

致胡适

一

适之先生：

也许你很诧异这封唐突的来信，但是千万请你原谅，你到美的消息传到一个精神充军的耳朵里，这不过是个很自然的影响。

我这两年多的渴想北京和最近惨酷的遭遇给我许多烦恼和苦痛。我想你一定能够原谅我对于你到美的踊跃。我愿意见着你，我愿意听到我所狂念的北京的声音和消息，你不以为太过罢？

纽约离此很近，我有希望欢迎你到费城来么？哥伦比亚演讲一定很忙，不知周末可以走动不？

这二月底第三或第四周末有空否，因为那时彭校新创的教育会有个演讲托（我）找中国speaker。胡先生若可以来费，可否答应当那晚的speaker？本来这会极不要紧的不该劳动大驾，只因因此我们可以聚会晤谈，所以函问。

若是月底太忙不能来费，请即示知以便早早通知该会

（Dr.G.H.Minnich会长），过些时候我也许可以到纽约来拜访。

很不该这样唐突打扰，但是——原谅。

徽音上

二月六日于费城

二

适之先生：

我真不知道怎样谢谢你这次的visit才好！星五那天我看你从早到晚不是说话便是演讲真是辛苦极了。第二天一清早我想着你又在赶路到华京去，着实替你感着疲劳。希望你在华京从容一点稍稍休息过来。

那天听讲的人都高兴得了不得。那晚饭后我自己只觉得有万千的感触。倒没有向你道谢。要是道谢的话“谢谢”两字真是太轻了。不能达到我的感激。一个小小的教育会把你辛苦了足三天，真是！

你的来费给我好几层的安慰，老实说当我写信去请你来时实在有些怕自己唐突，就是那天见了你之后也还有点不自在。但是你那老朋友的诚意温语立刻把我put at ease宽慰了。

你那天所谈的一切——宗教，人事，教育到政治——我全都忘不了的，尤其是“人事”；一切的事情我从前不明白，现在已经清楚了许多，就还有要说要问的，也就让他们去，不说不问了。“让过去的算过去的”这是志摩的一句现成话。

大概在你回国以前我不能到纽约来了，如果我再留美国一年的话，大约还有一年半我们才能再见了。适之先生，我祝你一切如意快乐和健康。回去时看见朋友们替我候候，请你告诉志摩，我这三年来寂寞受够了，失望也遇多了，现在倒能在寂寞和失望中得着自慰和满足。告诉他我绝对的不怪他，只有盼他原谅我从前的种种的不了解。但是路远隔膜，误会是所不免的，他也该原谅我。我昨天把他的旧信一一翻阅了。旧的志摩我现在真真透彻的明白了，但是过去，现在不必重提了，我只求永远纪念着。

如你所说的，经验是可宝贵的，但是有价值的经验全是苦痛换来的，我在这三年中真是得了不少的阅历，但就也够苦了。经过了好些的变励的环境和心理，我是如你所说的老成了好些，换句话说便是会悟了从青年的idealistic phase走到了成年的realistic phase，做人便这样做罢。idealistic的梦停止了，也就可以医好了许多vanity，这未始不是个好处。

照事实上看来我没有什么不满足的。现在一时国内要不能开始我的工作，我便留在国外继续用一年工夫再说。有便请你再告诉志摩，他怕美国把我宠坏了，事实上倒不尽然，我在北京那一年的spoilt生活用了三年的工夫才一点一点改过来，要说“spoilt”世界上没有比中国更容易spoil人了，他自己也就该留心点。

通伯和夫人为我道念，叔华女士若是有暇可否送我几张房子的相片，自房子修改以后我还没有看见过，我和那房子的感情实是深长。旅居的梦魂常常绕着琼塔雪池。她母亲的院子里就有我无数的记忆，现在虽然已不堪回首，但是房主人们都是旧友，我极愿意有几张影片留作纪念。

感情和理性可以说是反对的。现在夜深我不由得不又让情感激动，便就无理的写了这么长一封信，费你时间扰你精神。适之先生，我又得apologize了。回国以后如有机会，闲暇的时候给我个把字罢，我眼看着还要充军一年半，不由得不害怕呀。

胡太太为我问好，希望将来到北京时可以见着。就此祝你

旅安

徽音寄自费城

三月十五日

三

适之先生：

志摩走时嘱购绣货赠Bell夫妇，托先生带往燕京大学，现奉上。渠眷念K.M.之情直转到她姊姊身上，真可以表示多情厚道的东方色彩，一笑。

大驾刚北返，尚未得晤面，怅怅。迟日愚夫妇当同来领教。

徽音

四

适之先生：

下午写了一信，今附上寄呈，想历史家必不以我这种信为

怪，我为人直爽性急，最恨人家小气曲折说瞎话。此次因为叔华瞎说，简直气糊涂了。

我要不是因为知道公超看到志摩日记，就不知道叔华处会有的。谁料过了多日，向她要借看时，她倒说“遍找不得”，“在书画箱内多年未检”的话。真叫人不寒而栗！我从前不认得她，对她无感情，无理由的，没有看得起她过。后来因她嫁通伯，又有“送车”等作品，觉得也许我狗眼看低了人，始大大谦让真诚的招呼她，万料不到她是这样一个人！真令人寒心。

志摩常说：“叔华这人小气极了。”我总说：“是么？小心点罢，别得罪了她。”

女人小气虽常有事，像她这种有相当学问知名的人也该学点大方才好。

现在无论日记是谁裁去的，当中一段缺了是事实，她没有坦白的说明以前，对那几句瞎话没有相当解释以前，她永有嫌疑的。（志摩自己不会撕的，小曼尚在可问。）

关于我想着那段日记，想也是女人小气处或好奇处多事处，不过这心里太human了，我也不觉得惭愧。

实说，我也不会以诗人的美谀为荣，也不会以被人恋爱为辱。我永是“我”，被诗人恭维了也不会增美增能，有过一段不幸的曲折的旧历史也没有什么可羞惭。（我只是要读读那日记，给我是种满足，好奇心满足，回味这古怪的世事，纪念老朋而已。）

我觉得这桩事人事方面看来真不幸，精神方面看来这桩事或为造成志摩为诗人的原因，而也给我不少人格上知识上磨练修养的帮助，志摩in a way不悔他有这一段苦痛历史，我觉得我的一生至少没有太堕入凡俗的满足，也不算一桩坏事，志摩警醒了我，他变成一种stim ulant，在我生命中，或恨，或怒，或happy或sorry，或难过，或苦痛，我也不悔的，我也不proud我自己的倔强，我也不惭愧。

我的教育是旧的，我变不出什么新的人来，我只要“对得起”人——爹娘、丈夫（一个爱我的人，待我极好的人）、儿子、家族等等，后来更要对得起另一个爱我的人，我自己有时的心，我的性情便弄得十分为难。前几年不管对得起他不，倒容易——现在结果，也许我谁都没有对得起，您看多冤！

我自己也到了相当年纪，也没有什么成就，眼看得机会愈少——我是个兴奋type accomplish things by sudden inspiration and master stroke，不是能用功慢慢修炼的人。现在身体也不好，家常的负担也繁重，真是怕从此平庸处世，做妻生仔的过一世！我禁不住伤心起来。想到志摩今夏的inspiring friendship and love对于我，我难过极了。

这几天思念他得很，但是他如果活着，恐怕我待他仍不能改的。事实上太不可能。也许那就是我不够爱他的缘故，也就是我爱我现在的家在一切之上的确证。志摩也承认过这话。

徽音

二十年正月一日

五

适之先生：

志摩刚刚离开我们，遗集事尚觉毫无头绪，为他的文件就有了些纠纷，真是不幸到万分，令人想着难过之极。

我觉得甚对不起您为我受了许多麻烦，又累了许多朋友也受了些许牵扰，更是不应该。

事情已经如此，现在只得听之，不过我求您相信我不是个多疑的人，这一桩事的蹊跷曲折，全在叔华一开头便不痛快——便说瞎话——所致。

我这方面的事情很简单：

（一）大半年前志摩和我谈到我们英国一段事，说到他的“康桥日记”仍存在，回硖石时可找出给我看。如果我肯要，他要给我（因为他知道我留有他当时的旧信，他觉得可收藏在一起）。

注：整三年前，他北来时，他向我诉说他订婚结婚经过，讲到小曼看到他的“雪池时代日记”不高兴极了，把它烧了的话，当时也说过：不过我尚存下我的“康桥日记”。

（二）志摩死后，我对您说了这段话——还当着好几个人说的——在欧美同学会，奚若思成从渭南回来那天。

（三）十一月廿八日星期六晨，由您处拿到一堆日记簿

（有满的一本，有几行的数本，皆中文，有小曼的两本，一大一小，后交叔华由您负责取回的），有两本英文日记，即所谓*Cambridge*日记者一本，乃从July 31 1921起。次本从Dec.2nd（同年）起始，至回国止者，又有一小本英文为志摩一九二五在意大利写的。此外几包晨副原稿，两包晨副零张杂纸，空本子小相片，两把扇面，零零星星纸片，住址本。

注：那天在您处仅留一小时，理诗刊稿子，无暇细看箱内零本，所以一起将箱带回细看，此箱内物是您放入的，我丝毫未动，我更知道此箱装的不是志摩平日原来的那些东西，而是在您将所有信件分人分类捡出后，单单将以上那些本子纸包子聚成这一箱的。

（四）由您处取出日记箱后约三四日或四五日听到奚若说：公超在叔华处看到志摩的康桥日记，叔华预备约公超共同为志摩作传的。

注：据公超后来告我，叔华是在十一月廿六日开会<讨论 悼志摩>的那一晚上约他去看日记的。

（五）追悼志摩的第二天（十二月七号）叔华来到我家向我要点志摩给我的信，由她编辑，成一种“志摩信札”之类的东西，我告诉她旧信全在天津，百分之九十为英文，怕一时拿不出来，拿出来也不能印，我告诉她我拿到有好几本日记，并请她看一遍大概是些什么，并告诉她，当时您有要交给大雨的意思，我有点儿不赞成。您竟然将全堆“日记类的东西”都交我，我又embarrassed却又不敢负您的那种trust——您要我看一遍编个目录——所以我看东西绝对的impersonal带上历史考据眼光。Interesting only in事实的辗进变化，忘却谁是谁。

最后我向她要公超所看到的志摩日记——我自然作为她不会说“没有”的可能说法，公超既已看到。（我说：听说你有志摩的康桥日记在你处，可否让我看看等等。她停了一停说可以。）

我问她：“你处有几本？两本么？”

她说“两——本”，声音拖慢，说后极不高兴。

我问：“两本是一对么？”未待答，“是否与这两本（指我处康桥日记两本）相同的封皮？”

她含糊应了些话，似乎说“是！不是，说不清”等，“似乎一本是——”，现在我是绝对记不清这个答案（这句话待考）。因为当时问此话时，她的神色极不高兴，我大窘。

（六）我说要去她家取，她说她下午不在，我想同她回去，却未敢开口。

后约定星三（十二月九号）遣人到她处去取。

（七）星三九号晨十一时半，我自己去取，叔华不在家，留一信备给我的，信差带复我的。

此函您已看过，她说（原文）：“昨归遍找志摩日记不得，后捡自己当年日记，乃知志摩交我乃三本：两小，一大，小者即在君处箱内，阅完放入的。大的一本（满写的）未阅完，想来在字画箱内（因友人物多，加意保全），因三四年中四方奔走，家中书物皆堆叠成山，甚少机缘重为整理，日间得闲当细捡一下，必可找出来阅。此两日内，人事烦扰，大约须此星期底才有空翻寻也。”

注：这一篇信内有几处瞎说不必再论，即是“阅完放入”“未阅完”两句亦有语病，既说志摩交她三本日记，何来“阅完放入”君处箱内。可见非志摩交出，乃从箱内取出阅，而“阅完放入”，而有一本（？）未阅完而未放入。

此箱偏偏又是当日志摩曾寄存她处的一个箱子，曾被她私开过的（此句话志摩曾亲语我。他自叔华老太太处取回箱时，亦大喊“我锁的，如何开了，这是我最要紧的文件箱，如何无锁，怪事——”又“太奇怪，许多东西不见了missing”，旁有思成Lilian Tailor及我三人。

（八）我留字，请她务必找出借我一读。说那是个不幸事的留痕，我欲一读，想她可以原谅我。

（九）我觉得事情有些周折，气得通宵没有睡着，可是，我猜她推到“星期底”必是要抄留一份底子，故或需要时间（她许怕我以后不还她那日记）。我未想到她不给我。更想不到以后收到半册而这半册日记正巧断在刚要遇到我的前一两日。

（十）十二月十四日（星一）

half a book with 128 pages received （ dated from Nov.17,1920 ended with sentence“it was badly planned.”）叔华送到我家来，我不在家，她留了一个*note*说怕我急，赶早送来的话。

（十一）事后知道里边有古事，却也未胡猜，后奚若来说叔华跑到性仁家说她处有志摩日记（未说清几本），徽音要，她不想给（不愿意给）的话，又说小曼日记两本她拿去也不想还等等，大家都替我生气，觉得叔华这样，实在有些古怪。

（十二）我到底全盘说给公超听了（也说给您听了）。公超看了日记说，这本正是他那天（离十一月廿八日最近的那星期）看到了的，不过当时未注意底下是如何，是否只是半册未注意到，她告诉他是两本，而他看到的只是一本，但他告诉您（适之）“refuse to be quoted”，底下事不必再讲了。

二十一年元日

六

适之先生：

多天未通音讯，本想过来找您谈谈，把一些零碎待接头的事情一了。始终办不到。日前，人觉得甚病不大动得了，后来赶了几日夜，两三处工程图案，愈弄得人困马乏。

上星期起到现在一连走了几天协和检查身体，消息大不可人，医生和思成又都皱开眉头！看来我的病倒进展了些，医生还在商量根本收拾我的办法。

身体情形如此，心绪更不见佳，事情应着手的也复不少，甚想在最近期间能够一晤谈，将志摩几本日记事总括，筹个办法。

此次，您从硖带来一部分日记尚未得见，能否早日让我一读与其它部分，作个整个的survey?

据我意见看来，此几本日记，英文原文并不算好，年轻得利害，将来与他“整传”大有补助处固甚多，单印出来在英文文学上价值并不太多（至少在我看到那两本中，文字比他后来的作品书札差得很远），并且关系人个个都活着，也极不便，一时只是收储保存问题。

志摩作品中，诗已差不多全印出，散文和信札大概是目前最要紧问题，不知近来有人办理此事否？“传”不“传”的，我相信志摩的可爱的人格永远会在人们记忆里发亮的，暂时也没有赶紧（的）必要。至多慢慢搜集材料为将来的方便而已。

日前，Mr.E.S.Bernett来访说Mrs.Richard有信说康桥志摩的旧友们甚想要他的那两篇关于《康桥》的文章译成英文寄给他们，以备寄给两个杂志刊登。The Richards希望就近托我翻译。我翻阅那两篇东西不禁出了许多惭愧的汗。你知道那两篇东西是他散文中极好的两篇。我又有什么好英文来翻译它们。一方面我又因为也是爱康河的一个人，对康桥英国晚春景子有特殊感情的一个人，又似乎很想“努力”“尝试”（都是先生的好话），并且康桥那方面几个老朋友我也认识几个，他那文章里所引的事，我也好像全彻底明白……

但是，如果先生知道有人能够十分的do his work justice in rendering into really charming English，最好仍请一个人快快的将那东西译出寄给Richards为妥。

身体一差伤感色彩便又深重。这几天心里万分的难过。怎办?

从文走了没有，还有没有机会再见到。

湘玫又北来，还未见着。南京似乎日日有危险的可能，真糟。思忠在八十八师已开在南京下关前线，国“难”更“难”得迫切，这日子又怎么过!

先生这两天想也忙，过两天可否见到，请给个电话。

胡太太伤风想已好清。我如果不是因为闹协和这一场，本来还要来进“研究院”的。现在只待静候协和意旨，不进医院也得上山了。

此问

著安

徽音拜上

思成寄语问候，他更忙得不亦乐乎。

致沈从文

一

沈二哥：

初二回来便忙乱成一堆，莫明其所以然。文章写不好，发脾气时还要讴出韵文！十一月的日子我最消化不了，听听风知道枫叶又凋零得不堪，只想哭。昨天哭出的几行勉强叫它做诗，日后呈正。

萧先生文章甚有味。我喜欢，能见到当感到畅快。你说的是否礼拜五？如果是下午，五时在家里候教，如嫌晚，星六早上也一样可以的。

关于云冈现状是我正在写的一短篇，那天再赶个落花流水时当送上。

思成尚在平汉线边沿吃尘沙，星六晚上可以到家。

此问

俪安

二嫂统此

徽音拜上

二

二哥：

怎么了？《大公报》到底被收拾，真叫人生气！有办法否？

昨晚我们这里忽收到两份怪报，名叫《亚洲民报》，篇幅大极，似乎内中还有文艺副刊，是大规模的组织，且有计划的，看情形似乎要《大公报》永远关门。气糊涂了我！社论看了叫人毛发能倒竖。我只希望是我神经过敏。

这日子如何“打发”？我们这国民连骨头都腐了！有消息请告一二。

徽因

三

二哥：

世间事有你想不到的那么古怪，你的信来的时候正遇到我双手托着头在自恨自伤的一片苦楚的情绪中熬着。在廿四个钟头中，我前前后后，理智的，客观的，把许多纠纷痛苦和挣扎或希望或颓废的细目通通看过好几遍，一方面展开事实观察，一方面分析自己的性格情绪历史，别人的性格情绪历史，两人或两人以上互相的生活，情绪和历史，我只感到一种悲哀，失望，对自己对生活全都失望无兴趣。我觉到像我这样的人应该死去；减少自己及别人的痛苦！这或是暂时的一种情绪，一会儿希望会好。

在这样的消极悲伤的情景下，接到你的信，理智上，我虽然同情你所告诉我你的苦痛（情绪的紧张），在情感上我却很羡慕你那么积极那么热烈，那么丰富的情绪，至少此刻同我的比，我的显然萧条颓废消极无用。你的是在情感的尖锐上奔迸！

可是此刻我们有个共同的烦恼，那便是可惜时间和精力，因为情绪的盘旋而耗废去。

你希望抓住理性的自己，或许找个聪明的人帮忙你整理一下你的苦恼或是“横溢的情感”，设法把它安排妥帖一点，你竟找到我来，我懂得的，我也常常被同种的纠纷弄得左不是右不是，生活掀在波澜里，盲目的同危险周旋，累得我既为旁人焦灼，又为自己操心，又同情于自己又很不愿意宽恕放任自己。

不过我同你有大不同处：凡是在横溢奔放的情感中时，我便觉到抓住一种生活的意义，即使这横溢奔放的情感所发生的行为上纠纷是快乐与苦辣对渗的性质，我也不难过不在乎。我认定了生活本身原质是矛盾的，我只要生活；体验到极端的愉快，灵质的，透明的，美丽的近于神话理想的快活，以下我情愿也随着赔偿这天赐的幸福，坑在悲痛，纠纷失望，无望，寂寞中捱过若干时候，好像等自己的血来在创伤上结痂一样！一切我都在无声中忍受，默默的等天来布置我，没有一句话说！（我且说说来给你做个参考。）

我所谓极端的、浪漫的或实际的都无关系，反正我的主义是要生活，没有情感的生活简直是死！生活必须体验丰富的情感，把自己变成丰富，宽大能优容，能了解，能同情种种“人性”，能懂得自己，不苛责自己，也不苛责旁人，不难自己以所不能，也不难别人所不能，更不愿运命或是上帝，看清了世界本是各种人性混合做成的纠纷，人性又就是那么一回事，脱不掉生理，心理，环境习惯先天特质的凑合！把道德放大了讲，别裁判或裁削自己。任性到损害旁人时如果你不忍，你就根本办不到任性的事。（如果你办得到，那你那种残忍，便是你自己性格里的一点特性，也用不着过分的去纠正。）想做的事太多，并且互相冲突时，拣最想做——想做到顾不得旁的牺牲——的事做，未做时心中发生纠纷是免不了的，做后最用不着后悔，因为你既会去做，那桩事便一定是不可免的，别尽着罪过自己。

我方才所说到极端的愉快，灵质的，透明的，美丽的，快乐，不知道你有否同一样感觉。我的确有过，我不忘却我的幸福。我认为最愉快的事都是一闪亮的，在一段较短的时间内迸出神奇的——如同两个人透彻的了解：一句话打到你心里，使得你理智和感情全觉到一万万分满足；如同相爱：在一个时候里，你同你自身以外另一个人互相以彼此存在为极端的幸福；如同恋爱，在那时那刻眼所见，耳所听，心所触无所不是美丽，情感如诗歌自然的流动，如花香那样不知其所以。这些种种便都是一生中不可多得的瑰宝。世界上没有多少人有那机会，且没有多少人有那种天赋的敏感和柔情来尝味那经验，所以就有那种机会也无用。如果有如诗剧神话般的实景，当时当事者本身却没有领会诗的情感又如何行？即使有了，只是浅俗的赏月折花的限量，那又有什么话说？！转过来说，对悲哀的敏感容量也是生活中可贵处。当时当事，你也许得流出血泪，过去后那些在你经验中也是不可鄙视的创痴。（此刻说说话，我倒暂时忘记了我昨天到今晚已整整哭了廿四小时，中间仅仅睡着三四个钟头，方才在过分的失望中颓废着觉到浪费去时间精力，很使自己感叹。）在夫妇中间为着相爱纠纷自然痛苦，不过那种痛苦也是夹着极端丰富的幸福在内的。冷漠不关心的夫妇结合才是真正的悲剧！

如果在“横溢情感”和“僵死麻木的无情感”中叫我来拣一个，我毫无问题要拣上面的一个，不管是为我自己或是为别人。人活着的意义基本的是在能体验情感。能体验情感还得有智慧有思想来分别了解那情感——自己的或别人的！如果再能表现你自己所体验所了解的种种在文字上——不管那算是宗教或哲学，诗，或是小说，或是社会学论文——（谁管那些）——使得别人也更得点人生意义，那或许就是所有的意义了——不管人文明到什么程度，天文地理科学的通到那里去，这点人性还是一样的主要，一样的是人生的关键。

在一些微笑或皱眉印象上称较分量，在无边际人事上驰骋细想正是一种生活。

算了罢！二哥，别太虐待自己，有空来我这里，咱们再费点时间讨论讨论它，你还可以告诉我一点实在情形。我在廿四小时中只在想自己如何消极到如此田地苦到如此如此，而使我苦得想去死的那个人自己在去上海火车中也苦得要命，已经给我来了两封电报一封信，这不是“人性”的悲剧么？那个人便是说他最不喜管人性的梁二哥！

你一定得同老金谈谈，他真是能了解同时又极客观极同情极懂得人性，虽然他自己并不一定会提起他的历史。

徽因

四

二哥：

我欠你一封信，欠得太久了！现在第一件事要告诉你的就是我们又都在距离相近的一处了。大家当时分手得那么突兀惨淡，现在零零落落的似乎又聚集起来。一切转变得非常古怪，两月以来我种种的感到糊涂。事情越看得多点，心越焦，我并不奇怪自己没有青年人抗战中兴奋的情绪，因为我比许多人明白一点自己并没有抗战，生活离前线太远，一方面自己的理智方面也仍然没有失却它寻常的职能，观察得到一些叫人心里顶难过的事。心里有时像个药罐子。

自你走后我们北平学社方面发生了许多叫我们操心的事，好容易挨过了俩仨星期（我都记不清有多久了）才算走脱，最后我是病的，却没有声张，临走去医院检查了一遍，结果是得着医生严重的警告——但警告白警告，我的寿命是由天的了。临行的前夜一直弄到半夜三点半，次早六时由家里出发，我只觉得是硬由北总布胡同扯出来上车拉倒。东西全弃下倒无所谓，最难过的是许多朋友都像是放下忍心的走掉，端公太太、公超太太住在我家，临别真是说不出的感到似乎是故意那么狠心的把她们抛下，兆和也是一个使我顶不知怎样才好的，而偏偏我就根本赶不上去北城一趟看看她。我恨不得是把所有北平留下的太太孩子挤在一块走出到天津再说。可是我也知道天津地方更莫名其妙，生活又贵，平津那一节火车情形那时也是一天一个花样，谁都不保险会出什么样把戏的。

这是过去的话了，现在也无从说起，自从那时以后，我们真走了不少地方。由卢沟桥事变到现在，我们把中国所有的铁路都走了一段！最紧张的是由北平到天津，由济南到郑州。带着行李小孩奉着老母，由天津到长沙共计上下舟车十六次，进出旅店十二次，这样走法也就很够经验的，所为的是回到自己的后方。现在后方已回到了，我们对于战时的国家仅是个不可救药的累赘而已。同时我们又似乎感到许多我们可用的力量废放在这里，是因为各方面缺乏更好的组织来尽量的采用。我们初到时的兴奋，现实已变成习惯的悲感。更其糟的是这几天看到许多过路的队伍兵丁，由他们吃的穿的到其它一切一切。“惭愧”两字我嫌它们过于单纯，所以我没有字来告诉你，我心里所感触的味道。

前几天我着急过津浦线上情形，后来我急过“晋北”的情形——那时还是真正的“晋北”——由大营到繁峙代县，雁门朔县宁武原平崞县忻县一带路，我们是熟极的，阳明堡以北到大同的公路更是有过老朋友交情，那一带的防御在卢变以后一星期中我们所知道的等于是“鸡蛋”。我就不信后来赶得及怎样“了不起”的防御工作，老西儿的军队更是软懦到万分，见不得风的，怎不叫我跳急到万分！好在现在情形已又不同了，谢老天爷，但是看战报的热情是罪过的。如果我们再按紧一点事实的想象：天这样冷……（就不说别的！！）战士们在怎样的一个情形下活着或死去！三个月以前，我们在那边已穿过棉！所以一天到晚，我真不知想什么好，后方的热情是罪过，不热情的话不更罪过？二哥，你想，我们该怎样的活着才有法子安顿这一副还未死透的良心？

我们太平时代（考古）的事业，现时谈不到别的了，在极省检的法子下维护它不死，待战后再恢复算最为得体的办法。个人生活已甚苦，但尚不到苦到“不堪”。我是女人，当然立刻变成纯净的“糟糠”的典型，租到两间屋子烹调，课子、洗衣、铺床，每日如在走马灯中过去。中间来几次空袭警报，生活也就饱满到万分。注：一到就发生住的问题，同时患腹泻，所以在极马虎中租到一个人家楼上的两间屋。就在火车站旁，火车可以说是从我窗下过去！所以空袭时颇不妙，多暂避于临时大学（熟人尚多见面，金甫亦“高个子”如故）。文艺，理想，都像在北海五龙亭看虹那么样，是过去中一种偶然的遭遇，现实只有一堆矛盾的现实抓在手里。

话又说多了，且乱，正像我的老样子。二哥你现实在做什么，有空快给我一封信。（在汉口时，我知道你在隔江，就无法来找你一趟。）我在长沙回首雁门，正不知有多少伤心呢，不日或起早到昆明，长途车约七八日，天已寒冷，秋气肃杀，这路不太好走，或要去重庆再到成都，一切以营造学社工作为转移。（而其间问题尚多，今天不谈了。）现在因时有空袭警报，所以一天不能离开老的或小的，精神上真是苦极苦极，一天的操作也于我的身体有相当威胁。

徽因　在长沙

五

二哥：

在黑暗中，在车站铁篷子底分别，很有种清凉味道，尤其是走的人没有找着车位，车上又没有灯，送的打着雨伞，天上落着很凄楚的雨，地下一块亮一块黑的反映着泥水洼，满车站的兵——开拔的到前线的，受伤开回到后方的！那晚上很代表我们这一向所过的日子的最黯淡的底层——这些日子表面上固然还留一点未曾全褪败的颜色。

这十天里长沙的雨更象征着一切霉湿，凄怆，惶惑的生活。那种永不开缝的阴霾封锁着上面的天，留下一串串继续又继续着檐漏般不痛快的雨，屋里人冻成更渺小无能的小动物，缩着脖子只在呆想中让时间赶到头里，拖着自己半蛰伏的灵魂。接到你第一封信后我又重新发热伤风过一次，这次很规矩的躺在床上发冷，或发热，日子清苦得无法设想，偏还老那么悬着，叫人着一种无可奈何的急。如果有天，天又有意旨，我真想他明白点告诉我一点事，好比说我这种人需要不需要活着，不需要的话，这种悬着日子也不都是侈奢？好比说一个非常有精神喜欢挣扎着生存的人，为什么需要肺病，如果是需要，许多希望着健康的想念在她也就很侈奢，是不是最好没有？死在长沙雨里，死得虽未免太冷点，往昆明跑，跑后的结果如果是一样，那又怎样？昨天我们夫妇算算到昆明去，现在要不就走，再去怕更要落雪落雨发生问题，就走的话，除却旅费，到了那边时身上一共剩下三百来元，万一学社经费不成功，带着那一点点钱，一家子老老小小流落在那里颇不妥当，最好得等基金方面一点消息。……

可是今天居然天晴，并且有大蓝天，大白云，顶美丽的太阳光！我坐在一张破藤椅上，破藤椅放在小破廊子上，旁边晒着棉被和雨鞋，人也就轻松一半，该想的事暂时不再想它，想想别的有趣的事：好比差不多二十年前，我独自坐在一间顶大的书房里看雨，那是英国的不断的雨。我爸爸到瑞士国联开会去，我能在楼上嗅到顶下层楼下厨房里炸牛腰子同洋咸肉，到晚上又是在顶大的饭厅里（点着一盏顶暗的灯）独自坐着（垂着两条不着地的腿同刚刚垂肩的发辫），一个人吃饭一面咬着手指头哭——闷到实在不能不哭！理想的我老希望着生活有点浪漫的发生，或是有个人叩下门走进来坐在我对面同我谈话，或是同我同坐在楼上炉边给我讲故事，最要紧的还是有个人要来爱我。我做着所有女孩做的梦。而实际上却只是天天落雨又落雨，我从不认识一个男朋友，从没有一个浪漫聪明的人走来同我玩——实际生活上所认识的人从没有一个像我所想象的浪漫人物，却还加上一大堆人事上的纷纠。

话说得太远了，方才说天又晴了，我却怎么又转到落雨上去？真糟！肚子有点饿，嗅不着炸牛腰子同咸肉更是无法再想英国或廿年前的事，国联或其它！

方才念到你的第二信，说起爸爸的演讲，当时他说的顶热闹，根本没有想到注意近在自己身边的女儿的日常一点点小小苦痛比那种演讲更能表示他真的懂得那些问题的重要。现在我自己已做了嬷嬷，我不愿意在任何情形下把我的任何一角酸辛的经验来换他当时的一篇漂亮话，不管它有多少风趣！这也许是我比他诚实，也许是我比他缺一点幽默！

好久了，我没有写长信，写这么杂乱无系统的随笔信，今晚上写了这许多，谁知道我方才喝了些什么，此刻真是冷，屋子里谁都睡了，温度仅仅五十一度，也许这是原因！

明早再写关于沅陵及其他向昆明方面设想的信！

又接到另外一封信，关于沅陵我们可以想想，关于大举移民到昆明的事还是个大悬点挂在空里，看样子如果再没有计划就因无计划而在长沙留下来过冬，不过关于一切我仍然还须给你更具体的回信一封，此信今天暂时先拿去付邮而免你惦挂。

昨天张君励老前辈来此，这人一切仍然极其"混沌"（我不叫它做天真）。天下事原来都是一些极没有意思的，我们理想着一些美妙的完美，结果只是处处悲观叹息着。我真佩服一些人仍然整天说着大话，自己支持着极不相干的自己，以至令别人想哭！

匆匆

徽因

十一月九至十日

六

二哥：

决定了到昆明以便积极的作走的准备，本买二日票，后因思成等周寄梅先生，把票退了，再去买时已经连七号的都卖光了，只好买八号的。

今天中午到了沅陵。昨晚里住在官庄的。沿途景物又秀丽又雄壮时就使我们想到你二哥对这些苍翠的天，排布的深浅山头，碧绿的水和其间稍稍带点天真的人为的点缀，如何的亲切爱好，感到一种愉快。天气是好到不能更好，我说如果不是在这战期中时时心里负着一种悲伤哀愁的话，这旅行真是不知几世修来。

昨晚有人说或许这带有匪，倒弄得我们心有点慌慌的，住在小旅店里灯火荧荧如豆，外边微风撼树，不由得不有一种特别情绪，其实我们很平安的到达很安靖的地带。

今天来到沅陵，风景愈来愈妙，有时颇疑心有翠翠这种的人物在！沅陵城也极好玩，我爱极了。你老兄的房子在小山上，非常别致有雅趣，原来你一家子都是敏感的有精致爱好的。我同思成带了两个孩子来找他，意外还见到你的三弟，新从前线回来，他伤已愈，可以拐杖走路，他们待我们太好（个个性情都有点像你处）。我们真欢喜极了，都又感到太打扰得他们有点不过意。虽然，有半天工夫在那楼上廊子上坐着谈天，可是我真感到有无限亲切。沅陵的风景，沅陵的城市，同沅陵的人物，在我们心里是一片很完整的记忆，我愿意再回到沅陵一次，无论什么时候，最好当然是打完仗！

说到打仗你别过于悲观，我们还许要吃苦，可是我们不能不争到一种翻身的地步。我们这种人太无用了，也许会死，会消灭，可是总有别的法子，我们中国国家进步了，弄得好一点，争出一种新的局面，不再是低着头的被压迫着，我们根据事实时有时很难乐观，但是往大处看，抓紧信心，我相信我们大家根本还是乐观的，你说对不对？

这次分别，大家都怀着深忧！不知以后事如何？相见在何日？只要有着信心，我们还要再见的呢。

无限亲切的感觉，因为我们在你的家乡。

徽因

七

二哥：

事情多得不可开交，情感方面虽然有许多新的积蓄，一时也不能够去清理（这年头也不是清理情感的时候）。昆明的到达既在离开长沙三十九天之后，其间的故事也就很有可纪念的。我们的日子至今尚似走马灯的旋转，虽然昆明的白云悠闲疏散在蓝天里。现在生活的压迫似乎比从前更有分量了。我问我自己三十年底下都剩一些什么，假使机会好点我有什么样的一两句话说出来，或是什么样事好做，这种问题在这时候问，似乎更没有回答——我相信我已是一整个的失败，再用不着自己过分的操心——所以朋友方面也就无话可说——现在多半的人都最惦挂我的身体。一个机构多方面受过损伤的身体实在用不着惦挂，我看黔滇间公路上所用的车辆颇感到一点同情，在中国做人同在中国坐车子一样，都要承受那种的待遇，磨到焦头烂额，照样有人把你拉过来推过去爬着长长的山坡。你若使懂事多了，挣扎一下，也就不见得不会喘着气爬山过岭，到了你最后的一个时候。

不，我这比喻打得不好，它给你的印象好像是说我整日里在忙着服务，有许多艰难的工作做，其实，那又不然，虽然思成与我整天宣言我们愿意义务的替政府或其他公共机关效力，到了如今人家还是不找我们做正经事，现在所忙的仅是一些零碎的私人所委托的杂务，这种私人相委的事如果他们肯给我们一点实际的酬报，我们生活可以稍稍安定，挪点时候做些其他有价值的事也好，偏又不然，所以我仍然得另想别的办法来付昆明的高价房租，结果是又接受了教书生涯，一星期来往爬四次山坡走老远的路，到云大去教六点钟的补习英文。上月净得四十余元法币，而一方面为一种我们最不可少的皮尺昨天花了二十三元买来！

到如今我还不大明白我们来到昆明是做生意，是“走江湖”还是做“社会性的骗子”——因为梁家老太爷的名分，人家常抬举这对愚夫妇，所以我们是常常有些阔绰的应酬需要我们笑脸的应付——这样说来好像是牢骚，其实也不尽然，事实上就是情感良心均不得均衡！前昨同航空毕业班的几个学生谈，我几乎要哭起来，这些青年叫我一百分的感激同情，一方面我们这租来的房子墙上还挂着那位主席将军的相片，看一眼，话就多了——现在不讲——天天早上那些热血的人在我们上空练习速度，驱逐和格斗，底下芸芸众生吃喝得仍然有些讲究。思成不能酒我不能牌，两人都不能烟，在做人方面已经是十分惭愧！现在昆明人材济济，那一方面人都有。云南的权贵，香港的服装，南京的风度，大中华民国的洋钱，把生活描画得十三分对不起那些在天上冒险的青年，其他更不用说了，现在我们所认识的穷愁朋友已来了许多，同感者自然甚多。

陇海全线的激战使我十分兴奋，那一带地方我比较熟习，整个心都像在那上面滚，有许多人似乎看那些新闻印象里只有一堆内地县名，根本不发生感应，我就奇怪！我真想在山西随军，做什么自己可不大知道！

二哥，我今天心绪不好，写出信来怕全是不好听的话，你原谅我，我要搁笔了。

这封信暂做一个赔罪的先锋，我当时也知道朋友们一定会记挂，不知怎么我偏不写信，好像是罚自己似的——一股坏脾气发作！

徽因

梁思成林徽因致张兆和

卅七年末北平围城时从清华园寄城中徽交三姐

三小姐：

收到你的信，并且得知我们这次请二哥出来的确也是你所赞同的，至为欣慰。这里的气氛与城里完全两样，生活极为安定愉快。一群老朋友仍然照样的打发日子、老邓、应诠等就天天看字画，而且人人都是乐观的，怀着希望的照样工作。二哥到此，至少可以减少大部分精神上的压迫。

他住在老金家里。早起八时半就同老金一起过我家吃早饭；饭后聊天半小时，他们又回去；老金仍照常伏案。

中午又来，饭后照例又聊半小时，各回去睡午觉。下午四时则到熟朋友家闲坐；吃吃茶或是（乃至）有点点心。六时又到我家，饭后聊到九时左右才散。这是我们这里三年来的时程，二哥来此加入，极为顺利。晚上我们为他预备了安眠药。由老金临睡时发给一粒。此外在睡前还强迫吃一杯牛奶，所以二哥的睡眠也渐渐的上了轨道了。

徽因续写：

二哥第一天来时精神的确紧张，当晚显然疲倦但心绪却愈来愈开朗。第二天人更显愉快但据说仍睡得不多，所以我又换了一种安眠药交老金三粒（每晚代发一粒给二哥）且主张临睡喝热牛奶一杯。昨晚大家散得特别早。今早他来时精神极好，据说昨晚早睡，半夜“只醒一会儿”，说是昨夜的药比前夜的好，大约他是说实话不是哄我。看三天来的进步请你放心他的一切。今晚或不再给药了，我们熟友中的谈话多半都是可以解除他那些幻想的过虑的，尤以熙公的为最有力，所以在这方面他也同初来时不同了。近来因为我病老金又老在我们这边吃饭，所以我这里没有什么客人，他那边更少人去，清静之极。今午二哥大约到念生家午饭。噜噜嗦嗦写了这大篇无非是要把确实情形告诉你放心，“语无伦次”一点，别笑话。

这里这几天天晴日美，郊外适于郊游闲走，我们还要设法要二哥走路——那是最可使他休息脑子，而晚上容易睡着的办法，只不知他肯不肯，即问。

思成　徽因同上

您自己可也要多多休息才好，如果家中能托人一家都来这边就把金家给你们住，老金住我们书房也极方便。

致梁思庄

思庄：

来后还没有给你信，旅中并没有多少时间。每写一封到北平，总以为大家可以传观，所以便不另写。连得三爷、老金等信，给我们的印象总是一切如常，大家都好，用不着我操什么心，或是要赶急回去的。但是出来已两周，我总觉得该回去了，什么怪时候，赶什么怪车都愿意，只要能省时候。尤其是这几天在建筑方面非常失望，所谒大寺庙不是全是垃圾，便是已代以清末简陋的不相干房子，还刷着蓝白色的“天下为公”及其它，变成机关或学校。每去一处都是汗流浃背的跋涉，走路工作的时候又总是早八至晚六最热的时间里。这三天来可真真累得不亦乐乎。吃得也不好，天太热也吃不大下。因此种种，我们比上星期的精神差多了。

上星期劳苦功高之后，必到个好去处，不是山明水秀，就是古代遗址眩目惊神，令人忘其所以！青州外表甚雄，城跨山边、河绕城下、石桥横通、气象宽朗，且树木葱郁奇高。晚间到时山风吹过，好像满有希望，结果是一无所得。临淄更惨，古刹大佛有数处。我们冒热出火车，换汽车、洋车，好容易走到，仅在大中午我们已经心灰意懒时得见一个北魏石像！庙则统统毁光！

你现在是否已在北屋暂住下，Boo住那里？你请过客没有？如果要什么请你千万别客气，随便叫陈妈预备。思马一外套取回来没有？天这样热，I can’t quite imagine人穿它！她的衣料拿去做了没有？都是挂念。

匆匆

二嫂

整天被跳蚤咬得慌，坐在三等火车中又不好意思伸手在身上各处乱抓，结果浑身是包！

给梁再冰

宝宝：

妈妈不知道要怎样告诉你许多的事，现在我分开来一件一件的讲给你听。

第一，我从六月二十六日离开太原到五台山去，家里给我的信就没有法子接到，所以你同金伯伯、小弟弟所写的信我就全没有看见。（那些信一直到我到了家，才由太原转来。）

第二，我同爹爹不止接不到信，连报纸在路上也没有法子看见一张，所以日本同中国闹的事情也就一点不知道！

第三，我们路上坐大车同骑骡子，走得顶慢，工作又忙，所以到了七月十二日才走到代县，有报，可以打电报的地方，才算知道一点外面的新闻。那时候，我听说到北平的火车，平汉路同津浦路已然不通，真不知道多着急！

第四，好在平绥铁路没有断，我同爹就慌慌张张绕到大同由平绥路回北平。……

第五，……我要告诉你我在路上就顶记挂你同小弟，可是没法子接信。等到了代县一听见北平方面有一点战事，更急得了不得。好在我们由代县到大同比上太原还近，由大同坐平绥路火车回来也顶方便的（看地图）。可是又有人告诉我们平绥路只通到张家口，这下子可真急死了我们！

第六，后来居然回到西直门车站（不能进前门车站），我真是喜欢得不得了。清早七点钟就到了家，同家里人同吃早饭，真是再高兴没有了。

第六，现在我要告诉你这一次日本人同我们闹什么。

你知道他们老要我们的“华北”地方，这一次又是为了点小事就大出兵来打我们！现在两边兵都停住，一边在开会商量“和平解决”，以后还打不打谁也不知道呢。

第七，反正你在北戴河同大姑、姐姐哥哥们一起也很安稳的，我也就不叫你回来。我们这里一时也很平定，你也不用记挂。我们希望不打仗事情就可以完；但是如果日本人要来占北平，我们都愿意打仗，那时候你就跟着大姑姑那边，我们就守在北平，等到打胜了仗再说。我觉得现在我们做中国人应该要顶勇敢，什么都不怕，什么都顶有决心才好。

第八，你做一个小孩，现在顶要坚的是身休要好，读书要好，别的不用管。现在既然在海边，就痛痛快快的玩。你知道你妈妈同爹爹都顶平安的在北平，不怕打仗，更不怕日本。过几天如果事情完全平下来，我再来北戴河看你，如果还不平定，只好等着。大哥、三姑过两天就也来北戴河，你们那里一定很热闹。

第九，请大姐多帮你忙学游水。游水如果能学会了，这趟海边的避暑就更有意思了。

第十，要听大姑姑的话。告诉她爹爹妈妈都顶感谢她照应你，把你“长了磅”。你要的衣服同书就寄来。

妈妈

致傅斯年

孟真先生：

接到要件一束，大吃一惊，开函拜读，则感与惭并，半天作奇异感！空言不能陈万一，雅不欲循俗进谢，但得书不报，意又未安。踌躇了许久仍是临书木讷，话不知从何说起！

今日里巷之士穷愁疾病，屯蹶颠沛者甚多。固为抗战生活之一部，独思成兄弟年来蒙你老兄种种帮忙，营救护理无所不至，一切医药未曾欠缺，在你方面固然是存天下之义，而无有所私，但在我们方面虽感到lucky终增愧悚，深觉抗战中未有贡献，自身先成朋友及社会上的累赘的可耻。

现在你又以成永兄弟危苦之情上闻介公，从细之事累及泳霓先生，为拟长文说明工作之优异，侈誉过实，必使动听，深知老兄苦心，但读后惭汗满背矣！

尤其是关于我的地方，一言之誉可使我疚心疾首，夙夜愁痛。日念平白吃了三十多年饭，始终是一张空头支票难得兑现。好容易盼到孩子稍大，可以全力工作几年，偏偏碰上大战，转入井臼柴米的阵地，五年大好光阴又失之交臂。近来更胶着于疾病处残之阶段，体衰智困，学问工作恐已无分，将来终负今日教勉之意，太难为情了。

素来厚惠可以言图报，惟受同情，则感奋之余反而缄默，此情想老兄伉俪皆能体谅，匆匆这几行，自然书不尽意。

思永已知此事否？思成平日谦谦怕见人，得电必苦不知所措。希望泳霓先生会将经过略告知之，俾引见访谢时不至于茫然，此问

双安

徽因 拜别

十月五日午后

致金岳霖

老金：

多久多久了，没有用中文写信，有点儿不舒服。

John到底回美国来了，我们愈觉到寂寞，远，闷，更盼战事早点结束。

一切都好。近来身体也无问题的复原，至少同在昆明时完全一样。本该到重庆去一次，一半可玩，一半可照X光线等。可惜天已过冷，船甚不便。

思成赶这一次大稿，弄得苦不可言。可是总算了一桩大事，虽然结果还不甚满意，它已经是我们好几年来想写的一种书的起头。我得到的教训是，我做这种事太不行，以后少做为妙，虽然我很爱做。自己过于不efficient，还是不能帮思成多少忙！可是我学到许多东西，很有趣的材料，它们本身于我也还是有益。

已经是半夜，明早六时思成行。

我随便写几行，托John带来，权当晤面而已。

徽寄爱

致梁思成（节选）

一

思成：

…………

我现在正在由以养病为任务的一桩事上考验自己，要求胜利完成这个任务。在胃口方面和睡眠方面都已得到非常好的成绩，胃口可以得到九十分，睡眠八十分，现在最难的是气管，气管影响痰和呼吸又影响心跳，甚为复杂，气管能进步，一切进步最有把握，气管一坏，就全功尽废了。

我的工作现实限制在碑建会设计小组的问题，有时是把几个有限的人力拉在一起组织一下分配一下工作，技术方面讨论如云纹，如碑的顶部；有时是讨论应如何集体向上级反映一些具体意见作一两种重要建议，今天就是刚开了一次会，有阮邱莫吴梁连我六人，前天已开过一次，拟了一信稿呈郑副主任和薛秘书长的，今天阮将所拟稿带来又修正了一次今晚抄出大家签名明天可发出（主要①要求立即通知施工组停扎钢筋，美工合组事难定了，尚未开始，所以②也趁此时再要求增加技术人员加强设计实力，③反映我们对去掉大台认为对设计有利，可能将塑型改善，而减掉复杂性质的陈列室和厕所设备等等使碑的思想性明确单纯许多）。再冰小弟都曾回来，娘也好，一切勿念。信到时可能已过三月廿一日了。

天安门追悼会的情形已见报我不详写了。

昨李宗津由广西回来还不知道你到莫斯科呢。

徽因　三月十二日写完

二

思成：

今天是十六日，此刻黄昏六时，电灯没有来，房很黑，又不能看书做事，勉强写这封信已快看不见了。十二日发一信后仍然忙于碑的事。今天小吴老莫都到城中开会去，我只能等听他们的传达报告了。讨论内容为何，几方面情绪如何，决议了什么具体办法，现在也无法知道。昨天是星期天，老金不到十点钟就来了，刚进门再冰也回来，接着小弟来了，此外无他人，谈得正好，却又从无线电中传到捷克总统逝世消息。这种消息来在那样沉痛的斯大林同志的殡仪之后，令人发愣发呆，不能相信不幸的事可以这样的连着发生。大家心境又黯然了，……

中饭后老金小弟都走了。再冰留到下午六时，她又不在三月结婚了，想改到国庆，理由是于中干说他希望在广州举行。那边他们两人的熟人多，条件好，再冰可以玩一趟。这次他来，时间不够也没有充分心理准备，六月又太热。我是什么都赞成。反正孩子高兴就好。

我的身体方面吃得那么好，睡得也不错，而不见胖，还是爱气促和闹清痰打“呼噜出泡声”，血脉不好好循环冷热不正常等等，所以疗养还要彻底，病状比从前深点，新陈代谢作用太坏，恢复的现象极不显著，也实在慢，今天我本应该打电话问校医室血沉率和痰化验结果的，今晚便可以报告，但因害怕结果不完满因而不爱去问!

学习方面可以报告的除了报上主要政治文章和理论文章外，我连着看了四本书都是小说式传记。都是英雄的真人真事。……

还要和你谈什么呢？又已经到了晚饭时候，该吃饭了，只好停下来。（下午一人甚闷时，关肇业来坐一会儿，很好。太闷着看书觉到晕昏。）（十六日晚写）

十七日续　　我最不放心的是你的健康问题，我想你的工作一定很重，你又容易疲倦，一边又吃Rimifon，不知是否更易累和困，我的心里总惦着，我希望你停Rimifon罢，已经满两个半月了。苏联冷，千万注意呼吸器官的病。

昨晚老莫回来报告，大约把大台改低是人人同意，至于具体草图什么时候可以画出并决定，是真真伤脑筋的事，尤其是碑顶仍然意见分歧。

徽因匆匆写完

三月十七午

致朱光潜

我所见到的人生中戏剧价值都是一些淡香清苦如茶的人生滋味，不过这些戏剧场合须有水一般的流动性，波光鳞纹在两点钟时间内能把人的兴趣引到一个Make-believe的世界里去，爱憎喜怒一些人物。像梅真那样一个聪明女孩子，在李家算是一个丫头，她的环境极可怜难处。在两点钟时间限制下，她的行动，对已对人的种种处置，便是我所要人注意的。这便是我的戏。